光文社文庫

長編歴史小説

忍者 服部半蔵

光文社文庫 歴史時代小説プレミアム

戸部新十郎

JN166589

光 文 社

目次

梅の木

一

伊賀《いが》の千賀地《ちがち》屋形《やかた》の老下忍《げにん》で、高羽左兵衛《たかばさへえ》。異名を、上野《うえの》ノひだり、という。口笛が巧《うま》い。田楽《でんがく》の横笛の音色を真似て、吹き鳴らす。興に乗るあまり、勝手気ままな吹奏に思えることもある。

もっとも、笛の譜はあってないようなもので、あったとしてもかなり難渋《なんじゅう》である。たとえば、〝中門口《ちゅうもんぐち》〟の笛の譜というものは、こうである。

――ピャラピャラリ、ピャウピャウ、ヒャラリリ、ヒャリリ、ヒャラリヒャリ、ヒャリコ、ヒャフ、タウラ……

ひだりが果たして、このように吹いているかどうか、疑わしい。

けれども、求められれば、

〈歯ぐそでもつまっておればまだしも、こう隙間《すきま》があいては、音色も鈍る〉

こういいながら、眼を細めて、

――ヒヤリコ、ヒヤリコ、ヒヤウ、ホホヒ……

と、吹く。

そのひだりだが、その朝、お屋形からふいに、

「そこいらを歩いてみるか」

と、声をかけられたとき、不穏な予感がした。どうも、機嫌がよすぎるようだ。

お屋形は暮れから京に上っていたのだが、ようやく春めくようになってふらりと戻ってき、ずっと機嫌がいい。

京ではしかし、騒擾《そうじよう》やら将軍家の交替やらで、ずいぶんあわただしかったという。ことに前将軍となってしまった足利義晴《あしかがよしはる》は、お屋形によく眼をかけてくれた人であったと聞いている。その人の失脚は、けっして喜ばしいことではあるまい。不気味な気がする。

が、お屋形は長身に直綴《じきとつ》を羽織り、名張川《なばりがわ》に沿って、ひょいひょいと歩む。あたりは花垣《はながき》の里である。どこへ、なにしに行くのか、まだわからない。

お屋形とは、千賀地ノ半三保長《はんぞうやすなが》。服部《はっとり》氏である。

だいたい、伊賀の服部には三種ある。

一の服部は、平内左衛門《へいないざえもん》、相続。紋《もん》、矢筈《やはず》二本。

二の服部は、六郎時定《ろくろうときさだ》、相続。紋、巴《ともえ》。

三の服部は、伊賀一の宮敢国《あえくに》社の神事を相勤む。紋、八《や》ッ矢車《やぐるま》。

うち、平内左衛門は平家の一門として、屋島《やしま》の合戦に参加した伊賀平内左衛門尉家長《いえなが》であろう。嫡男保清《ちゃくなんやすきよ》は源氏に服属して安堵され、以来、上中下の三服部に分れて、伊賀一円を所領してきた。半三はその上服部の直系である。

そして、その原祖は山城《やましろ》の秦氏《はたうじ》である、といわれている。秦氏は〝今来《いまき》の才伎《てひと》〟として、散楽《さんがく》をもたらし、養蚕《ようさん》、機織《はたおり》にたずさわった。また、広隆寺《こうりゅうじ》の創建説話にみられるように、仏教との深いつながりをもち、土地信仰と融合して、稲荷《いなり》、松尾《まつお》、賀茂《かも》の各社とも関わりがある。

ひだりはしかし、そんな伝承を関知しない。どころか〝伊賀一円を所領してきた〟という実感もない。

幾《いく》つにも分裂した同族が、それぞれ砦《とりで》を構え、濠《ほり》を掘り、土塁《どるい》を築き、埒《らつ》を結び、いたずらに門戸《もんこ》を固めて、互いに湿った争いを繰り返すのを見ている。

そのうえ、しばしば外敵の侵攻がある。そのときは、同族が力を併せて防ぐかたちをとるものの、どさくさにまぎれて勢力の変化はまぬがれぬ。

打撃はいつも、宗家《そうけ》に大きい。千賀地一党は、いまや宗家としての威勢を保つことなく、一個の小豪族として、ようやくもち耐えているというのが現状である。

しかも、名ばかりの宗家にとって代わろうと、それぞれの砦の者が、隙《すき》を窺っているという。

が、ひ、だ、り、にとって、確かなことがある。

千賀地ノ半三こそが、

〈けむりの末〉

の本道であるという隠れもない事実であった。

ひ、だ、り、はただ、このけむりの末を、お屋形として働いてきた。それで充分すぎる果報だと思っている。

ただし、半三は自ら、けむりの末とも、また忍びの身とも、いったことがない。半三によれば、忍びの身は、

〈花〉

であり、忍びの術《すべ》も、

〈花〉

であった。

これは、世阿弥元清《ぜあみもときよ》の能芸伝書である〝風姿花伝《ふうしかでん》〟に基《もと》づく。

半三はこの〝花伝〟をもって、忍びの道の形木《かたぎ》にしていたようである。世阿弥が能芸

を〝花〟と称したように、忍びを芸と心得て〝花〟と呼んでいる。少なくとも、そう目指していたのではないか。

その半三が、ひだりを見返って、ぽつりといった。

「花は咲いていようか」

この場合の花は、梅、である。

対岸は大和《やまと》の月ヶ瀬《つきがせ》。やがて、花が開き、香りが一面に匂い立つはずである。梅林そのものなら、こちらの花垣の里にも多い。

〈梅見《はなみ》のつもりであろうか〉

それならあまりに悠長すぎる。どこで、何者が狙っているか、わかったものではない。だいいち、梅見には十日、早いだろう。

「いましばらく、でありましょう」

「そうか」

半三は咳を一つ二つ、した。

伊賀の地は寒い。東辺には鈴鹿《すずか》、布引《ぬのびき》、西方には笠置《かさぎ》、北には信楽《しがらき》、南には室生《むろう》、といった山脈、山塊が四囲を囲んでいる。風はないが、盆地特有の底冷えがする。

もっとも、半三の咳は必ずしも寒気のせいとはいえない。寒いとき、人が通常するのであろう咳を、人並にしてみた、という態にすぎぬ。

「早すぎたか。では、秘蔵の花を見せるとするか」

と、半三はどんより曇った空を見上げながらいった。

「秘すれば花なら、秘せずば花なるべからず、という。見せるからには、もはや花ではないかもしれぬが……」

〝花伝〟の言葉である。

ひだりにはよくわからない。わからないが、たんなる梅見ではなく、秘蔵の花を見せること自体、目的であろうと気がついた。

「なにゆえでありましょうか」

「そろそろ、萎《しお》れたいと思う」

予感が当った、と思った。

退隠《たいいん》である。忍びが〝花〟だから、退隠は〝萎れ〟である。この言葉はしかし、千賀地のお屋形だけが使う。〝花伝〟に、

〈花の萎れたらんこそ面白けれ。花咲かぬ草木の萎れたらんは、何か面白かるべき〉

という。つまり、花を極めた人だけが、萎れの面白さを知ることができるからだ。

いずれにしても、現《うつ》し世《よ》から退くことに変りない。

「出家なさるおつもりか」

いくぶん、ひだりの声が強まった。予感が当ったからといって、泰然としてはおれぬ

気持である。

「なに、自然居士《じねんこじ》にあやかりたいのさ」

半三はむしろ声を低めて答えた。

自然居士ならひだりも知っている。観阿弥清次《かんあみきよつぐ》の作になる猿楽《さるがく》の演目である。それとも、が、あやかりたいのは、作中の自然居士という流浪の説法僧であろうか。それとも、独自の芸を築いた観阿弥そのものであろうか。

また、大男であった観阿弥が自然居士を演じて舞うとき、十六、七の少年とも、十二、三の童《わらべ》とも見えたという。その芸にあやかりたいというのであろうか。

観阿弥はもともと、伊賀服部氏の〝杉の木〟という者の末である。はじめて猿楽の座を立てたのも、同国小波多《おばた》という在所である。そして、世阿弥はその子であった。〝けむりの末〟との同族のきずなが、秘められている。

観世父子が目指した、

〈幽玄《ゆうげん》〉

というものを、半三もまた志しているのであろうか……

「して」

い、ひだりはきゅうに、現実の問題に触れた。

「あとはいかがなさるおつもりか。市平《いちべい》さまがお継ぎになりますのか」

市平は半三の長子で、名は保俊《やすとし》。

「たぶん、市平も他国へ出ることになろう」

「では、一党はどうなります？」

「座か」

半三はいい直した。一党や屋形を、猿楽の座になぞらえている。

「座は元来、いずれの果てにでも立つべきものだ。が、本源を忘れてはなるまい。そのゆえにこそ、秘蔵の花を見せておくといっている」

「それは、どこにあります」

「やがて」

半三は静かに、前方を顎《あご》でしゃくって見せた。

二

「手前よりお若いのに」
ひだりは憤った口ぶりになっていた。内心はむしろ、哀しい。
忍びは、喜怒哀楽について、
〈色を見せるな〉

という。が、この年になれば、色を見せること自体、忍びの芸になっていなければならぬ。ひだりはあまりにも、直截《ちょくせつ》な憤りを顕《あら》わしていたようである。

川のせせらぎが聞こえ、梅の木がそこここに見えてくる。ひだりは気をまぎらすようにして、得意の口笛を吹きはじめた。いつもよりうまくいかなかった、のみならず、このさい猿楽と田楽笛は、あまり関係ない。

「やめないか」

半三が軽く制した。

「やめませぬよ」

ひだりはいい返しながらも、少し、音色を落した。

「低いつもりだろうが、耳のいいやつがいる。油断すまいぞ」

「どこに？」

ひだりはしかし、ことさらあたりを見廻す必要はなかった。まだ固い蕾《つぼみ》をつけた藪《やぶ》梅《うめ》の木立のなかから、笛の音が湧くように聞こえていた。

「それみろ」

半三はいった。

その笛の音は、いまひだりが吹いていた曲の続きを、ちゃんと引きついでいる。嫋々《じょうじょう》と、冴えた音色であった。

二、三軒の百姓屋の並ぶ端の、梅の木の下に、女と小童《こわつぱ》が立っているのが見える。小童が竹笛を吹いている。自分で作ったものであろうか。

女は三十に少し、間があろうか。白い瓜実顔《うりざねがお》を、ひっそりとうつむけていたし、小童はその女に似て色白で、どちらかといえば弱々しく見える表情を、無心に川の流れに向けていた。微《かす》かすぎるそれらの影は、まだ咲き出さぬ梅の精、とも思われる。

そこを、半三は見向きもせず、通りすぎた。しだいに、竹笛の音が遠くなった。

「あの音のあとを、続けてみたらどうだ」

半三がいった。

「とても」

ひだりの憤った顔つきが、とっくにやんでいる。が、唇のさまは、まだ口笛を吹いている形のままであった。

なにか胸がときめく。快よいのかよくないのか、弁別《べんべつ》がつかぬ。吉左右《きつそう》もまた、判じかねる。不明であり、不気味なときめきである。

ひだりの〝察気〟の術《すべ》では、どうにも察知できぬなにかであった。

「見たか」

「たしかに」

まさか、半三の思われ人であるらしい女を、指しているわけではあるまい。女が秘蔵の花では、戯れにもならぬ。

「あれですな、秘蔵のものは」

「さよう」

「それなら、五番目のお子、ということになりますな」

ひだりの知るかぎりでは、市平のほか、源兵衛《げんべえ》、勘十郎《かんじゅうろう》、久太夫《きゅうだゆう》、といる。

「子は一人、だと思っている」

一子相伝《いっしそうでん》のつもりであろう。長幼に関わらぬ意味である。

「お名は？」

「梅の木」

半三は道傍の梅の木を見やりながら、ぼそりといった。ただし、本意は観世の祖である〝杉の木〟という者になぞらえたものであろう。

「梅の木、ですな」

ひだりはその名を口ずさんだ。この秘蔵の花を見せられたということは、とりもなおさず、身辺の警固、養育を託されたということであろう。多少の修行も含まれるかもわからない。

二人は道を引き返すことをしなかった。川なりに沿って、月ヶ瀬に出る。

〝梅の木〟の隠れ家の前を、ふたたび通らないということより、同じ道順を採らぬ忍びの行歩《ぎようぶ》に従ったまでである。

月ヶ瀬には、早咲きの梅がいくらか見ることができた。半三はそれを、くったくなく見上げてつぶやいていた。

「七つごろから稽古をはじめるべきか。心は、得たる風体《ふうてい》あるべし、だな」

〝花伝〟の年来稽古《ねんらいけいこ》条々《じようじよう》のうちである。稽古とは忍びの修行であり、はじめは身についた天分を、自由に延ばすべきだといっている。

「手前、老いぼれでござれば」

「老いぼれだからよいのだ」

「なにもできますまい」

「なにもせぬということが、さらによい」

「そのようなものでございますか」

ひだりは遠慮がちないいぶんとはうらはらに、不服げにうなづいた。

そのころから、藪蔭でものの焦げる匂いがしていた。その匂いがもやって、ある昂《たか》まりに達したと思われた。

とっさに、ひだりが半三の前へ飛び出したとたん、轟音《ごうおん》が鳴った。右腕に鈍い痛みが伝わるのがわかった。

ひだりはそのまま、追いかけるつもりでいた。曲者《くせもの》が流れの上手へ逃げ去るのが見える。まだ薄い煙りを吐く長い筒を、そいつは抱えていた。

「追うな」

半三はこういって、ひだりの右腕をたぐり寄せ、肉をはじき、鉛玉の喰い込んだ疵《きず》に見入った。

「テッパオ（鉄包）というものだ」

妙薬（火薬）に火を点ずれば、即座に小団鉛《だんえん》が飛び出すという仕掛けの筒が、両三年まえ異国から伝わったことは、早くから聞いていた。すでに、作りはじめている日本の鍛冶《かじ》もあるという噂も聞いている。

いま、まのあたりにしたのは、まぎれもなくそれ（鉄砲）であろう。

半三のいう〝テッパオ〟は、むかし元寇《げんこう》のさい、元軍が使用した火薬玉の呼称である。便宜上、その呼称を借りて伝わっていたのかもしれぬ。

「テッパオ疵を負ったやつは、伊賀の者でおまえがはじめてであろう」

と、なおしばらく、半三は見つめていた。

曲者が半三を狙っていたのは、明らかである。が、半三は曲者の素姓を訊《ただ》すより、鉄砲疵のほうに興味があるようであった。

じっさいに疵を負った当のひだりには、とくに慰撫《いぶ》の言葉はなかった。強いてそれらしいものを求めるとすれば、

「おまえがもし、右腕を失くすようなことがあれば、まことのひだりになる」

という戯《ざ》れ口《ぐち》であったろう。

ひだりは半三の身替りになりおおせたという安堵で、少し笑った。

「まさか」

ひだりは力み、手拭いで腕の付根を締め上げた。血が皺《しわ》の寄った腕を伝って流れた。刀槍にない異痛が走る。

「いよいよ、外道がはびこりだした」

「こんなのを、不運、というものでありましょうよ」

たしかに不運であったかもしれぬ。当時の鉄砲は、飛ぶのは七町ぐらいだが、一町ぐらいでようやく有効になる。それ以上は、ほんのかすり疵しか与えない。

「それより」

ひだりはもどかしげにいった。

「曲者はいずれの指金《さしがね》でありましょう」

遠くから瞥見《べっけん》しただけだが、見慣れぬ者であった。だれかに傭《やと》われたものであろう。

「わからぬ」

半三はそっけない。

「お屋形のあとを狙っている者は、ずいぶんとおります」

「それなら、なおわからぬ。わかったところで、どうなるものでない」

「藤林《ふじばやし》砦でありましょうか？」

「伊賀にいると」

半三はすでに伊賀国内の争いに、興味を捨てていた。

「こんな目に会う」

「百地《ももち》砦でありましょうか」

「外道のはびこる世だ……」

その意味でも、どうやら半三の〝萎れ〟の意志は固いようだ。

三

まもなく――

半三の姿が、ふっと消えた。続いて、長子《ちょうし》市平が一族郎党のほとんどを引連れて、出て行った。

年寄りと女子供が残った。いずれも、ただの百姓である。子供の泣き、わめく声や、それを笑い、ののしる声が聞こえた。総じて、泥臭く、土臭く、草いきれがしていた。

千賀地の屋形だけが、砦造りにしていなかった。宗家の誇りであろう。濠もなく、土塁もない。それゆえ、百姓家らしい風情がむしろふさわしかった。

もっとも、忍びの身は屋形に籠《こも》っていることが少ない。しょっちゅう、どこかへ出張っている。留守の者たちも、たんに長く、大規模な戦さに合力していると思っているだろう。

が、ほかの砦の眼は、さすがに違っていた。

〈千賀地屋形に異変が起きた〉

こう怪しみ眺めた。

はじめはなにげなく、やがては大っぴらに探りの者がやってきた。

「いつお帰りかの」

門口から声をかける忍びたちに、ひだりはいちいち大声で答えた。

「大仕事だわ。うぬらに構っておれぬ」

そのひだりの右腕が無い。あの鉄砲疵で腐りかけたのを、思い切って断ち切った。そのとき切り残した骨と肉塊が、なぜか円く、平らに癒着し、肩口のところで出張って固まった。

ちょうど〝猿ノ腰掛〟のように見える。が、

〈猿の手枕、というのはどうだ〉

ひだりはこういって、小首を傾げて押しつけ、そのまま本当に居眠ってしまうことが

ある。

〈ひだりも老いぼれたものだ〉

と人はいう。そのくったくない寝顔を見ると、だれでもそう思いたくなる。

異名のひだりは、もと本名の左兵衛《さへえ》の〝左〟を称《よ》ばれたものであった。いまでは不気味に残る一本の左腕を指すようになってしまっている。お屋形の戯れ口が当ったようだ。

その左腕一本で、ひだりは近ごろ、竹の彫物細工に凝っている。

もともと器用な性《たち》だが、丸竹を足で押えておいて、さくさくと刻む。すると、ずくや、うさぎや竹笛付きの山鳥などが、竹屑《たけくず》の間からひょいと顔を出す。

〈一本で二本ぶんの働きをせにゃならぬ。その鍛錬だわ〉

こういっているが、嘘である。秘めた花垣の里を訪れるたび、〝梅の木〟に渡す手土産を作っているのだ。

そのとき、ひだりの表情は明るい。もとより口には口笛。師走《しわす》のはじめである。

そんな千賀地の屋形へ、藤林砦から〝走り〟がきた。

藤林砦は、北辺の湯舟《ゆぶね》の里にある。当主は長門守《ながとのかみ》を名乗る。服部氏の一族で、輩下が多い。ことに、江州甲賀《ごうしゅうこうが》につながりをもつのが強味である。

いま、諸処の砦のなかで、もっとも勢力が大きい。もし、服部宗家の地位にとって代わろうという者があるとすれば、まずこの藤林長門であろう。あるいは、すでに奪いとった、と考えているかもしれぬ。

〝走り〟は伝令ないし使者ほどの意味の呼称で、現れたのは、柘植《つげ》ノ大串《おおくし》。秘かに屋形を窺いにきていた雑忍ではない。いささか知られた男である。大柄で、刺《し》突《とつ》を得意とする。だから、常に帯びる刀も直刀《ちょくとう》に近い。

ひだりは気軽に囲炉裏端《いろりばた》へ招いた。

「爺《じ》い、達者じゃの」

大串はぎょろりと眼をむき、ひだりにいった。

「おまえさんも、達者じゃの」

ひだりは答えながら、大串のぎょろりとむいた眼のやりどころを追った。その視線は、ひだりのなにもない右袖のひらひらするあたりを眺めている。

「話に聞いていた。そろそろ年寄りの冷や水はやめたらどうだ」

「相手が外道なら、仕方あるまい」

「外道？」

大串は小首をひねった。とっさにはわからなかったようだ。

「外道とは」

ひだりは坐ったまま、座をずらして近寄り、大仰《おおぎょう》に鼻の孔《あな》をひろげて、大串の体を嗅いでいたが、ひょいと左腕を襟元に延ばした。もし、害意があるなら、即座に刺し殺していたと思われる捌《さば》きである。

が、ひだりが手にしたのは、襟に付いていた黒い粉であった。それを炉に投げると、青い火花が燃え立ち、しばらく止まなかった。煙硝《えんしょう》、というものに違いない。

「これよ」

と、ひだりは笑っていった。

「外道の鍛錬をしているそうな。なにもおまえさんが狙ったといっているわけではないが、やめたらどうだ。わしが迷惑する」

「なるほど。それが外道か。が、外道が外道でなくなる世だ。それを心得ぬと、自ら消えていかねばならなくなる」

「われらが一党のことか」

「そうかもしれぬ。ところで」

と、大串は坐り直した。

「口上の趣きも、それにいささか関わりがある」

「どんなことだ？」

「うじの祭りをやる」

「そうか」

さりげなく答えたものの、ひだりは不意を衝かれた思いがした。

師走、初卯《はつう》の夜、伊賀一ノ宮である敢国津神《あえのくにつかみ》社から神輿《みこし》が二座、御旅所《おたびしょ》へ渡る。二座の神々は、それぞれ少彦名命《すくなびこなのみこと》と金山媛《かなやまひめ》。伊賀服部氏の祖神《みおや》とされている。もと、南宮山《なんぐうさん》に祀《まつ》られてあったのが、貞元《じょうげん》年中のころ、阿閇《あべ》氏の敢国祠に合祀《ごうし》されたものという。服部氏の勢力が伊賀一円に拡がり、伝承に融け込んだ証《あかし》であろう。

元来、神輿に供奉《ぐぶ》する者は、服部氏に限られる。この日、同族ことごとく、黒装束に身を固めて、列に連なるのがしきたりであった。

〈黒党《くろんど》祭り〉

という。

かつては、宗家上服部一家が主宰し、盛大なものであった。が、氏族の分散、反目が続いて、しだいに衰微《すいび》している。途絶、でなくても、規模は極めて小さくなった。

大串はその祭りをいっている。

「久方ぶり、同族相集《つど》うことになろう。このさい、自ら消えいく党といえども、縁故浅からぬことゆえ、知らせに参った。供奉の列に加わるなら、ご自由に」

消えいく千賀地党だが、一応、知らせるという口ぶりである。

縁故浅からぬ、というのも気に入らない。本来、当方が主宰の立場ではないか。どうやら、藤林長門は、一手で祭りを主宰しようとしているらしい。

大串が〝うじ（氏）の祭り〟といったとき、じつは〝うち（自家）の祭り〟といったのではあるまいか。

「念を入れて申し上げる。このたびは、国内はもとより、甲賀からも参る。諸国に散っている者どもも、西から東から馳《は》せて参る。祖神の前で、同族の親和を誓い合いたいものでござる」

大串は勝ち誇った表情になっている。

祭りというものの成り立ちからいえば、冬祭りは、豊作祈願の春祭りや、収穫感謝の秋祭りに対し、祖霊鎮魂と同時に部族総会の意味合いをもつ。新たに部族に入ることを許された者の紹介や成年式（元服《げんぷく》）の行われるのも、冬祭りである。そして、これがたぶん、古い〝まつり〟の本義であったかもしれぬ。

藤林長門はいま、部族総会を招集することによって、部族の代表者になろうとしている。それが不服なら、

〈千賀地ノ半三よ、出てこい〉

と、いわぬばかりである。

い、い、ひだりは困惑した。かれ一存では、どうにも判別つきかねる。が、

「心得た」

と、さりげなく受けた。そのひ、だ、り、に、大串はにやりと笑いかけた。

「血縁の者が、ござるのではないかな」

〈こいつ、〝梅の木〟のことを感づいているのかもしれぬ〉

ひだりは不安であった。不安とはうらはらに、微笑みながらいった。

「いるともさ。まだまだたくさん、潜んでいる。一同に知らせておこうかい」

「そいつは豪儀だ。待っている」

大串はもう一度、不明の笑みを浮べると、屋形を走り出た。

四

祭りの日の夕景、ひだりは花垣の里の隠れ家へ走った。

いくぶん、迂闊《うかつ》であったかもしれぬ。いつもの要慎《ようじん》が欠けていた。柘植ノ大串は待ち構えていて、屋形を出て走るひだりのあとを尾行《つけ》た。

誘い出しておいて、確かめるのは忍びの常道である。ひだりはそれに気づいていない。

「ござるかの」

疎《あら》い梅の木立に向って、こう大声をかけてもいる。

ことさら声をかけるまでもなく、淡い夕景の陽溜りに、女と〝梅の木〟が立っていた。

いつに変らず、ひっそりとした影である。

ひだりはこの女が苦手であった。お屋形は、

〈さる高貴なお方の娘だ〉

といった。本当かどうか、確かめたことがない。

ひだりとしては、高貴、といえば、せいぜい公家《くげ》ぐらいしか思い当らない。前将軍のもとへ上っていたとき知り合ったものか、あるいはひところ、京の公家衆のあいだに、大内《おおうち》氏の文治《ぶんち》を慕って、しきりと山口へ下向する者が相ついだというが、そんなおり置き残された女でもあろうか。

名はきり。桐かもしれず、霧かもしれぬ。

きりはしかし、とくに都ぶりを鼻にかけるわけではなく、お屋形の女だからといって、たかぶるわけではない。

振舞いだけなら、土地の女以上にひなびて、つつましやかである。要するに、言語動作になんの難もない。

が、ひだりにとっては、

〈呼吸の合わぬ女〉

であった。

同じ土壌の上にいて、どうも繫がりがない。こちらで期待し、また通じなければならぬ〝習俗〟といったものの脈絡が、ときにふっと断たれるもどかしさを感ずる。

このような相手は、忍びとしての察気によれば、明らかに敵意を抱く者か、そうでな

かったら、

〈異国の人〉である。

もとより、そのほの白く、美しい瓜実顔は、異国の人ではない。不審はなにによるのか、まだ図《はか》りかねている。

ただし、苦手だからといって、嫌いということにならぬ。むしろ、律儀な不安と、面《おも》映《は》ゆい脅《おそ》れを感じている。

だいいち、美しすぎる。

「さきほどから」

きりが微かな会釈をして、いった。

「存じていましたよ、ここへあなたがいらっしゃることを」

「そうでありましたか」

「いえ、この子が、です」

きりは〝梅の木〟を振り返った。

そうだろうと思う。遥かからひだりの口笛の曲を奪って竹笛を吹く子である。

が、〝梅の木〟はまったく無愛想な子である。無口で、動作が一拍子、ずれている。

頭の鉢《はち》が広く、項《うなじ》が細い。だから、遠くで見る以上に弱々しい。淡い鳶色《とびいろ》の瞳を据え、頬にはまだ生毛《うぶげ》を金色にふるわせているのがわかる。

そのときも素知らぬふりだが、ひだりの出現を予測して、母なる女を促し、その陽溜りへ出て待っていたということであろうか。

ひだりはしかし、そんな〝梅の木〟を可憐だと思っている。容姿や動作では見分けがたい〝花〟があると思っている。それに、持参の竹の彫物を喜ぶようだ。

「きょうは、これを」

ひだりは懐《ふとこ》ろから、鳥の細工をとり出した。かれのつもりでは白鷺《しらさぎ》であった。できは悪くないと自負している。竹の一本足に乗った嘴《くちばし》の長い鳥の頭部には、けば立たせて冠を刻んである。〝梅の木〟は黙って受けとり、足を地べたに差し込んだ。それからなにやら土をこね、足の根元に盛り上げて、眺めている。

そのいかにもわらべわらべした姿を見ながら、ひだりはきりにいった。

「今宵いっとき、坊をあずかって参りたい」

「なんでしょう？」

「祭りでござる」

と、ひだりは〝黒党祭り〟を説明し、

「お屋形の主宰なさらぬ祭儀に出るのは業腹《ごうはら》なれど、なにせ、うじの祭りでござれば。また、当分ふたたび見られぬやもしれず」

こうつけ加えた。

「では、この子は祭りに加わるのですか」

「まだ幼ないゆえ、眺めるだけでよろしかろう」

「眺めてなんになります」

「さあ」

い、ひだりはうろたえた。そうかもしれぬと思う。

「皆さま方は、仲がよろしくないと聞いています。その方々が参集なさるのは、偽り、ではありませぬか」

「それゆえ、年に一度は相集いて、祖神《みおや》に誓うのです」

どうやら、大串のいいぶんに似てきた。

「あなたのはからいですか」

「さようお考えあって、よろしい」

「それほど大事なお祭りなら」

い、きりはちらりと微笑んだ。

「お屋形さまはなぜ、お見えにならないのです」

「されば」

い、ひだりはまたうろたえねばならなかった。

「秘かに参られるやもしれませぬ」

気休めである。ついでに、下手くそな追従《ついしよう》笑いを浮べてみた。もっとも、もの慣れぬそんな笑いは、たんに猥雑《わいざつ》としか見えなかった。

「あたしは、ただの花守《はなも》りですから」

別に男を待っているわけではない、といっている。

この花垣の里は、むかし奈良の八重桜《やえざくら》の御料《ごりよう》に付けられていたことがある。なにも〝秘蔵の花〟を守るということでなくても、一と里の人すべてが花守りのようなものである。

「とにかく、坊がどう決めるか」

と、ひだりは、しゃがんで〝梅の木〟に背を向けた。乗ればよし、乗らねばよし、といった気持である。明ければ七才、〝稽古初め〟の年齢だという思いもあった。

このとき、〝梅の木〟は不思議なことをしていた。竹細工の白鷺の足に火打ちを打って、火を点けようとしていたのである。

「坊、なにをする」

ひだりが声をかけるか、かけないかに、さきにこねてあった黒い土が、ち、ち、と火花を噴いた。やがて軽い破裂音とともに、青い煙りが立った。

せっかくの白鷺は、半ば燃えて跳んだ。〝梅の木〟はそれを拾って、口を尖《とが》らし、ふうふうと吹き消した。

するると、黒焦げの隈《くま》どりがくっきりと鳥の形を浮び上らせた。首も傾げていた。要するに、白鷺がより白鷺らしい姿になった。それを〝梅の木〟は満足げに見つめている。

「この火薬は、どこに？」

「お屋形さまが自らお作りになったものですよ。黒妙薬と呼んでおられました」

「お屋形が、外道を……」

「外道、ですか。でも、楽しそうでした」

「わからぬ」

つぶやくひだりの左腕に、〝梅の木〟がとりすがった。背に乗ろうというのだ。

「そうですか」

きりがやむないように、うなづいた。

〈やはり行くのか〉

そんな思い入れである。が、〝梅の木〟はひだりの一本の腕の支えに、まったく安《やす》んじて乗っている。

もう、冬の空は暮れかかっている。

一ノ宮まで、ほぼ二里余り。ひだりは〝梅の木〟を背に、とつとつと走る。

五

　杉木立の暗いかなたで、黒い群れが動き出した。黒装束に身を固めた影が、黙々と連なって、続く。宮を出た黒党の列である。

　闇のなかの黒い行列。

「ござったな」

　ひだりはつぶやいて、歩き出す。行列のゆるやかな歩みに、歩度を合わせ、杉木立の間を縫い、ある距《へだた》りを保って行く。

　藤林党主宰の祭列なら、じつは〝きた〟でもよかったはずである。が、秘めやかな古い儀式をまのあたりにして、この律儀な年寄りは、儀式そのもののもつ脅れに誘い込まれていたようである。

「坊、寒くはないか」

　と、ひだりは背の〝梅の木〟にいいかける。

「寒くとも、うじの祭りだ。よくごらんなさるがいい」

　〝梅の木〟は黙りこくっている。ただ、乾いた生《な》ま温さだけが伝わってくる。それで充分であった。

「あのなかに、父御《ててご》がおわすやもしれず、兄者《あにじゃ》がおわすやもしれぬ。また、われらが一党の並びなき遣《つか》い手《て》どもも混っているやもしれぬ。いなくとも、さよう心得て、ごらんなされ。みなみな、祖神のまえではただの黒党でござるよ」

厳密にいうと、ひだりは供奉の黒装束ではない。が、こころして黒っぽい着物を着込んでいる。そんな身なりで、反応のない〝梅の木〟に話しかけ、おのれで納得げにうなづいている。

御旅所は柘植河原。ここで神輿は七日の間、逗留《とうりゅう》し、祭儀を終えて還《かえ》るのがしきたりである。

柘植川は服部川を併せて伊賀川に入り、やがて木津川《きづがわ》に合流する。このような水上の祭儀に、古式が窺われる。

「まぶすまが出てござったな」

ひだりは神輿を望んでいった。そのあたりだけ、僅かに透けるような明るさがある。

まぶすまというからには、むかし、真衾《まぶすま》で神霊を包んだ伝えがあるのかもしれぬ。

その直後であった。

――あ

〝梅の木〟が声を出した。なんといったのか、よくわからない。

「なに？」

振り返るひだりの頬をかすめて、光り物が飛んだ。一髪の間、である。

ひだりはもう、すぐ背後の杉の木を楯《たて》にとっている。

が、光り物は一本。針である。それが楯にとった杉の幹に、ひそと刺《さ》っている。あとは音沙汰《おとさた》ない。

黒党の列は、なんの乱れもなく、黙々と通りすぎる。

〈柘植ノ小串の仕業〉

だろうと思う。

小串は大串と並ぶ藤林砦の遣い手である。手裏剣《しゅりけん》打ちが得意である。秘めやかな刺殺には針を使う。音もなく、一発で相手の喉を貫いて、痕跡を残さない。

仕損じたのは、もしかしたらいまがはじめてではないか。

〈坊には見えたのだ〉

ひだりは〝梅の木〟の直前の発声を、改めて奇異に思った。

よく見える眼と、よく聞こえる耳。身に備わった〝花〟の芽ではないか。

「坊、曲者はどこにいた?」

ひだりはしゃがんだまま、繰り言をいった。

「右腕があれば……」

が、まだ立てない。

小串の針が、いつ、どこから飛んでくるか、わかったものでない。そういう脅れを与えること自体、すでに効果のうちである。列が遠ざかった。そこでようやく、ひだりは別の脅れを感じた。

〈〝梅の木〟を狙ったほどなら、隠れ家も知られているに違いない〉

こんどは、きりに対する不安である。

「坊、戻ろう」

ひだりは要慎深く立ち上がり、それから一散走りに走った。このころになって、弦月《げんげつ》が顔を出した。少し、息切れがした。

隠れ家の手前では川の流れに入った。そのまま、いったん下手へ通り抜け、横手の藪から入る。

当然の配慮とはいえ、ひだりには文字通り、冷や水であったようだ。

窺うと、影が二つ、見えた。軒の下と梅の木の下と。果たして、上手のほうを見張っている。

家のなかでは、なにかが起っているらしい。

〈さて〉

ひだりははやる心を押えて、そろりと〝梅の木〟を下ろした。それから、手を濡れた脛巾《はばき》にすりつけて、湿りを与えた。

刀を抜く。少し、手がふるえているのがわかった。左腕一本になってから、はじめての闘争である。うまくいくかどうか、わからない。

それに、二つの曲者の影は、離れすぎている。一人でも、斬り残してはいけない。できるなら、声も立てずに始末したい。

ふいに、軒下にいた影が、こちらへ向って歩き出した。応ずるように、木の下にいた影も歩み寄った。

――や

ひだりは息をのんだ。

影と影のあいだを〝梅の木〟が、行く。

頭の張った小さい影が、寒《さ》むざむと骨のような枝を残す冬枯れの木の下を、ひょこひょこと、行く。それを月が照らした。

曲者どもは、その小さい影の突然の出現に、愕《おどろ》き、そして安心したに相違ない。両方からごく安易に手を伸して、掴まえようとする仕草を見せた。

すかさず、ひだりが飛び込んだ。

まず、左方の影の喉を刎《は》ね、返す刃で右方の影の胸を刺した。

黒い血飛沫が、砂を撒いたように噴き、微かながら喉笛が鳴った。充分、手応えのある刺突の先からは、刃を伝って血がぬめって流れていた。

この間、相手も刃を揮《ふる》っている。が、切先はなにもない右袖をかすったに止《とど》まった。だからといって、右腕の無いのが幸いとはいえない。腕があれば、たぶん、もっとうまく始末できたかもしれぬ……

〝梅の木〟は、見向きもせず、家のなかへ入った。なにも、ひだりに斬り込む隙を与えるためにではなく、そうしたかったから歩く、というしろ姿である。

ひだりは一息入れると、急いで羽目板の破れにとりつき、なかを窺った。土間から入地《にゆうじ》のあたりまで月光が洩れ込んでいて、ほのかに見分けることができる。

たちまち、胸騒ぎが起った。

藁《わら》の上で、二つの体が重なっている。入地に敷きつめた籾《もみ》がらが沈むせいであろう。下の体は乱れた髪と、あしざまに拡げられた白すぎる脛《はぎ》だけが見える。曲者が、その上をおおっている。

〈きりどのが犯されている〉

ひだりの一つしかない手が、固く握りしめられた。なぜか、直ちに飛び入ることがためらわれた。

〝梅の木〟が、その重なった有様を、立ったままじっと見下ろしている。ひそとも動かない。たぶん、あの鳶色の瞳を据えているのではないか。

その〝梅の木〟に、もしかして危害のおよぶのを案じたのかもしれぬ。面映ゆい脅れを抱くきりの惨めなさまを、確かめることになるのが可怖《こわ》かったのかもしれぬ。

それでもなお、ひだりは眼を凝らしていた。握った拳のなかで、いまほど付着した血が、ねばつくのがわかった。

〈大串ではないか〉

ひだりはきりを押しつけながら、片手で刀を引き寄せている不埒《ふらち》な曲者に思い当った。刀は大串の得物《えもの》、直刀にまぎれもない。

〈許しておけぬ〉

ひだりが動こうとしたとき、呻《うめ》き声が洩れた。男のものか女のものか、わからない。いずれにしても、胸騒ぎをさらに昂める響きでしかなかった。

とたん、〝梅の木〟の小さい体が跳ね上った。大串が少し、鞘《さや》だけ摑んでもがいた。案に相違した不安定な藁のせいであろう。

その上から、大串の直刀を引き抜いた〝梅の木〟が、逆さに構えて体ごと跳ね下りていた。

ひだりが飛び込んでも、なおしばらく〝梅の木〟は馬乗りになったままであった。直刀はすでに、二つの重なった肉塊を刺し貫き、鍔《つば》もとまで達している。

「もういいではないか」

ひだりはようやくいった。ほかならぬ〝梅の木〟に、あるおののきを感じた。

〝梅の木〟は刀の柄を握りしめたまま、脇へのいた。それにつれて、かさ高な大串の醜い体が、ごろりと崩れて転がった。もはや血を出さず、動きもしない。

下で、きりの微かに呻くのが聞こえる。まだ息があるようだ。

「なぜ、こんな目に会うまえに、自らお死になさらぬ」
たれにいいようのない腹立ちと悔みであった。

「高貴の出ではないか……」

きりの口辺が歪《ゆが》んだ。笑ったつもりかもしれぬ。

「高貴、といいましたか。あたしは賤《いや》しい生れですよ。いつも、こんな目に会うて、浮かれていましたよ……」

微かだが、このように聞こえた。自ら〝浮かれ女〟だといっている。

さらに微かに、こういった。

〈貴賤を人に均《ひと》しくす〉
字に書けば、たぶんこのような意味であった。それから、手を胸に当てがったまま、口をつぐんだ。

嘘かまことか、もはや確かめるすべはない。
が、なにほどの苦痛もなげに、見知らぬ男もろとも、ほかならぬわが子に刺された一つの女体がそこにある。

〝梅の木〟は全身に黒い液体を浴び、眼だけ光らせてうずくまっていた。ひだりも、つくねんと坐っていた。そのひだりも、血まみれのはずである。

ずいぶん長い間、そうやって黙然と向き合っていた。

稚児《ちご》の花

一

鞍馬山《くらまやま》の古名は闇部《くらふ》である。もともと暗黒の意味であろう。が、春であった。

山の一日一日を見ていると、暗いその名とはうらはらに、木々の若緑が、明るく拡がっていくのがよくわかる。

それに、奥山まであらあらと咲くうず桜。雲ケ畑《くもがはた》の岩屋あたりが見ごろのようだ。

そんな山の午下《ひるさが》り、僧坊からやむことなく〝声明《しようみよう》〟の音《ね》が聞こえている。数日まえから、叡山《えいざん》の蓮乗房《れんじようぼう》という唄師《ばいし》がやってきて、堂衆《どうしゆ》たちに教授しているのである。

「呂律《ろれつ》ということが」

と、唄師はよくいった。

〝声明〟は、偈《げ》や頌《じゅ》や祭文《さいもん》、念仏などを諷誦《ふじゅ》するときの声楽だが、音譜化された曲調は、俗音と異なり、荘重《そうちょう》である。

唱《とな》えるほうからすれば、一定の曲調に従うから、外界の事象にまどわされず、内心の散乱をふせぐ。止断、止息、要するに、没我の境地で勤行《ごんぎょう》できるのだという。

そのために、勝手な節廻《ふしまわ》しは許されず、呂律、五音、十二律にのっとった音の諧和《かいわ》が要求される。

「そこがよくわかっていない」

唄師はこういい、怖ろしく力んだ顔をして、唱えてみせる。そのあとを、多勢の高低まちまちの唱和が続く。

けれども、合唱としてのその声音は、また別の響きがあった。呂律に合っていなくても、それなりの抑揚《よくよう》と屈折をともなって、山肌に流れていく。

ゆっくりゆっくり、ひだりが登ってきた。一本の左手に杖。だから体の向きが斜めになって見える。

〈やってござるな〉

ひだりは僧坊の脇を通り抜け、そのまま奥の岩蔭へきて、腰を下ろす。

よそ眼には尋常《ただ》の年寄りに思える。汗もにじんでいる。七曲《ななまが》りの坂を登ったあたりで、もうかなりの疲れを覚えていた。

そのひだりの耳には、〝声明〟の響きが、このうえない慰めとなって聞こえた。

〈あれだけは、お屋形さまもよく習っておられた〉

ひだりは眼をつむり、合唱音の流れのなかに、お屋形の若いころの面影と〝梅の木〟の姿を、重ね合わせて想い浮べていた。かれの脳裡には、すでに〝梅の木〟すなわちお屋形になってしまっている。

だいたい、千賀地一党と鞍馬寺のつながりは古い。先代も先々代も、弱小のおりは入山して修行するのがしきたりである。

一党の祖神、少彦名命の本地が、当鞍馬の本尊毘沙門天《びしゃもんてん》であるという伝えしかひだりは聞いていない。そうでなくても、ここは修行の道場として、恰好の山谷であろうと思われる。

〈その修行も、やがて終る〉

〝声明〟はその仕上げのようなものであった。

ふいに影がきざし、

「きたな」

と、声がかかった。〝梅の木〟である。

少年としては、あまりに沈んだ声であった。この声でしかし、五音を高低七種も繰返すことができるのだという。

ひだりはすぐに瞼《まぶた》をあけようとはしなかった。そう簡単に、声の主をいちどきに見てしまうのが惜しかった。

徐々に見開いていくと、まず爪先が見え、白い脚と黒い衣の襞《ひだ》が見え、それから鳶色の瞳をひそませてはいるものの、美しく、色白の小坊主の相貌が見えた。

唇が紅《あか》い。かつては開き気味であった頭の鉢がさほど目立たず、青々と利発げに収まっている。

〈くるたびに美しくなっている〉

忍びの感慨としては、どちらかといえば妥当を欠く。ひだり自身も、不服であり、不安であった。が、その妖艶なほどの相貌の裏にあるなにかは、人の気を魅《ひ》かずにはおかないだろう。

「手前が参ったのがわかりましたかな」

ひだりがいうのに〝梅の木〟は僧坊のほうを眺めながら、まずこういった。

「ここで聞くと、あのひどい声もなかなか趣きがある」

「有難いものですな」

「有難いか。おれには、地底の呻き、のように聞こえてならぬ」

〈また、はじまった〉

と思う。

かつての無口をとり返すかのように、やたらと弁口を垂れる。もっとも、お屋形もこのころ、よく理屈をこねていた……

「あれは天竺《てんじく》、唐を渡ってきたもの。その間、数え切れぬほどの人間の業がこめられているのではないか。それが一人一人、よみがえり、呻いているような気がするのだ。もとより、おれに身近な声もある。とても、唄師のいうように没我の境地になれぬ。だから、おまえの姿がすぐにわかった」

紅い唇がよく動く。

「およろしいのか、座を抜け出ても」

「いいのだ。おれのすることなら、なにごとも堂衆は大目に見てくれる」

「それは結構なこと」

「結構かどうか、わからぬ。大目に見てくれるのは」

と、表情も変えずにいった。

「おれが美しいからだ」

まったく他人《ひと》ごとのようである。

〈稚児にされている〉

ひだりとしては、〝梅の木〟が自ら美しいと洩《も》らす口吻《くちぶり》が気になった。

「無態を仕掛ける堂衆がござるのか」

「なければ、話にならぬ」

とり澄ました答えである。

「ごもっとも」

いい、ひだりはやむなく、うなづいた。

〝花伝〟の年来稽古条々によれば、十二、三のころは、

〈二つの頼《たよ》りあれば、わろきことは隠れ、よきことはいよいよ花めけり〉

という。

二つの頼りは、一つは美しく、よく透る声であり、いま一つは稚児姿のなまめかしさである。この自然に備わった得《とく》を、頼りにすべきだといっている。

〝梅の木〟には、その得が充分以上、備わっている。心得ていて、自ら頼んでいるのであろうか。

修行はしかし、それだけでは足りなかった。

「ご免」

いい、ひだりは突如、〝梅の木〟の白い脚を摑んで、見つめた。

しなやかに伸び、そして強靭《きようじん》であった。よく峰々を駈け廻ったふしが窺われる。触れなくとも、胸や腕も小さいながら剛悍《ごうかん》に相違ない。

いい、ひだりは一つ二つ、納得げにうなづいた。

「じつは、市平さまに話を通してござる。手に加わって、場数を踏んでみなさるか」

長兄市平は、もっぱら尾張《おわり》、三河《みかわ》、遠江《とおとうみ》、駿河《するが》など、海道を往来して働いているという。求めに応じて、西につき、東に加わる。

たとえば、岡崎《おかざき》の松平《まつだいら》家の竹千代《たけちよ》という幼ない人質が、駿河の今川《いまがわ》家へ行くのを、途中で奪って尾張の織田《おだ》家へ売り渡す仕事の手先を働いたかと思えば、つぎには、逆にとり戻して今川家に渡す画策もした。

だいたいが、海道には小大名がひしめき合っており、しかも反覆常ならず、場数を踏むには恰好の土地であるらしい。

〝梅の木〟はしかし奥山の花にかすむあたりを眺め、しばらく黙っていた。

「いかがなさる?」

「山籠りの修行が終ると」

と、〝梅の木〟は振り向いた。

「代々の方は、どうされた?」

「千賀地の屋形へ戻られる」

「それで」

「名をはんぞう、と改めなさる。一代ごと、半三、半蔵との交替でござれば、おまえさまは、半蔵、となられるはず」

「それでいこう」

無造作にいった。

「戻られるのか、伊賀へ」

ひだりの皺面に、ぼうと赤味が差した。

「それがまことなら、嬉しくてならぬ。が、柘植ノ小串はじめ、手ぐすね引いて待っている者どもがござるぞ」

「それなら、なおさら戻らねばならぬ」

「手段《てだて》は？　また、人数《にんじゅ》は？」

ひだりは急《せ》き込んだ。この年寄りに、興奮と不安がおおっている。が、

「考えてある」

〝梅の木〟はやはり、無表情であった。〝声明〟はなお続いている。

二

葉の色が目立つようになった朝、〝梅の木〟は山を下りた。

僧衣の袖をひるがえし、頭には笠、手足には白い手甲《てっこう》と脛巾。背負袋に杖。衣にはほんのりと香が焚《た》きしめてある。

もしかしたら、初陣《ういじん》、ということになる〝梅の木〟のいでたちを眺めながら、ひだり、ひだりが続く。

このころの京の動きは、めまぐるしく、あわただしい。いくぶん滑稽《こっけい》でもあった。

実権者は、細川晴元《ほそかわはるもと》を退けた三好長慶《みよしながよし》だが、細川党はまったく鳴りをひそめたわけでなく、思い出したように兵を挙げる。そのたびに、将軍足利義藤《あしかがよしふじ》（義輝《よしてる》）はいずれかと和を結び、また破り、京を出たり入ったりした。

この春には、三好党が入京し、清水寺《きよみずでら》に在《あ》った将軍家と和を結んだ。これに対して細川党は高雄山《たかおさん》で挙兵して敗れ、将軍家また三好党との和を破り、山城霊山城《やましろりょうぜんじょう》に籠っている。

「そこで」

〝梅の木〟は歩きながらいった。

「将軍家の使者になりすまし、藤林砦に乗り込む」

めまぐるしい動きにつれて、有力者が伊賀、甲賀の砦々に援助を求めてきている。使者が飛び交うことはめずらしくない。

「長門めを討ちなさるか」

「わからぬ。が、乗り込んだということで、すでに効果がある」

乗り込むことになんら不安を感じておらず、もしかしたら、逆に討たれるかもしれないということは、考慮のほかのようであった。

「とにかく、半蔵の名を伊賀に戻さねばならぬ。そのための挨拶と思えばいい」

「では、手前の仕事は？」

ひだりは久しぶりに、まったく久しぶりに、闘志というものを感じた。が、それにしては、あまりに甲斐《かい》うすい返事であった。

「とりたててない」

「なにもするな、といわれるのか」

「手勢を引き連れて伊賀へ戻り、半蔵が帰ったことを、大いにいい触らすだけでよい」

「手勢はどこにござる？」

「だから、いま、そこへ行く」

〝梅の木〟はひらりひらりと歩を早める。ひだりも杖を操ってとつとつと歩く。葛野《かどの》へ向っている。

〈あの寺へ行くのではないか〉

それなら知っている。とひだりは思った。お屋形の供をして、なんどか訪れたことがある。

その寺は太秦《うずまさ》寺。聖徳太子《しょうとくたいし》の命により、秦河勝《はたのかわかつ》という者が建立《こんりゅう》したもので、京でもっとも古い。広隆寺、河勝寺、あるいは蜂岡《はちおか》寺などともいう。

果たして、〝梅の木〟は太秦寺へ入った。が、それと手勢とが、どう関わり合うのか、まだわからない。

寺内は閑散としていた。晩春の陽が長い影を落している。

「せっかくきたのだから」

〝梅の木〟は寺内を左に折れた。

〈あの宮へ行くのだな〉

これも、ひだりは知っていた。

太闢《おおさけ》神社という小祠《しょうし》である。お屋形は寺そのものでなく、この小祠を拝むために訪れていたようだ。祭神は秦河勝と聞いている。

〝花伝〟によれば、河勝は猿楽の芸を伝えたのち、うつぼ舟に乗って姿を消したが、播《はり》磨《ま》の越坂浦《しゃくしのうら》に着き、大荒《おおさけ》大明神として祀《まつ》られたという。その本地は毘沙門天であり、やがて自ら建立した太秦寺に祀られるようになったと伝えられる。

〝梅の木〟は祠前で、たんに黙禱《もくとう》した。お屋形は腰のあたりで手を組んで拝んでいたようだ。

「祖神《みおや》参りでござるな」

「それもある。が、いま一人」

「たれです?」

「きり、のために……」

〝梅の木〟は母なる人を、呼び捨てにしていった。それがこのさい、ふさわしいようにもとれた。

「ほう」

ひだりは不可解な性《さが》だが、薄幸というほかなかった女の面影を想い浮べた。

「それはどのようなことでござるな」

「きりはここの神を崇拝していた」

「では、同族でござったか」

「少し、違う」

「わかりませぬな」

「おれもまだわからぬ。が、信奉していた教えは覚えている」

「もしかしたら」

ひだりには思い当ることがあった。きりが最期《さいご》につぶやいた言葉である。

「貴賤を人に均しくす、というのではござらぬか」

思い出したのではない。常に心の底にわだかまっている言葉であった。

「その通り」

〝梅の木〟はうなづいた。

じつは、きりが平生、信奉していた教えの条々には、なおいくつかあった。
洗礼を設けて虚白《こはく》に帰せしめよ
十字の印を持して四照を和すべし
木鐘を打ちて仁恵の音を響かすべし
東方を礼して生栄の道に赴《おもむ》かしめよ
金銭を蓄えずして貴賤を均しくすべし
金銭を聚《あつ》めずして貧窮に甘んずべし
断食して識を伏蔵すべし
など、である。
明らかに、異国の教えである。が、きりが死んだころ、まだ天主教は入っていない。
もし誤まりなければ、これは、
〈景教《けいきよう》〉
である。
〝景教〟はローマ皇帝に追放されたコンスタンチノウブル教会の僧、ネストリユウスの一派が、シリア、ペルシア、インドを経て、シナに渡って拡めたものである。宋《そう》の文帝《ぶんてい》の時代で、ローマ（太秦《たいしん》）から渡来したから〝太秦教〟と称《よ》んだ。
〝景教〟はその尊称ないし美称である。

〈真常の道、妙にして名づけがたく、功用照彰たり。強いて景教と称す〉

という。

秦氏が〝うずまさ〟という姓を得たのは、雄略帝《ゆうりやくてい》のころと伝えられるが、かれらは散楽、機織などの伎芸のほか、じつは太秦教をもたらしたのではないか。それはたぶん、仏教に混淆《こんこう》されて、宗教自体としては消せたであろうが、なお秘めやかに伝え、信奉していた一団があったのではないか。

偶然かもしれぬが、太闢神社の〝太闢〟は、漢訳聖書によれば〝ダビデ〟である。祠の傍にある〝いさらえ〟の井戸は、〝イスラエル〟ともとれる。

かつて、ひだりがきりに対し、

〈異国の人〉

を感じたのは、肌に異教の匂いを嗅ぎとったからではないか……

「あそこに」

太子堂の裏の筑土《つくど》のほうへ歩きかけた〝梅の木〟が、ふいに、指さしながらいった。

「人数がいる」

いかにも、人はいた。

筑土に倚《よ》って佇《たたず》んでいる者もあり、菰《こも》をかむり、足を投げ出して寝ている者もあり、
二人の赤児に、いちどきに双つの乳をふくませている女もいた。

「乞食、ではござらぬか」

「乞食ならいけないか」

〝梅の木〟の鳶色の瞳が輝いた。

ただし、咎《とが》めたのではない。薄く笑った色である。思えば、この美しい少年の表情のうちで、ただ一つの変化する箇処かもしれなかった。

そこへ佇んでいた男が近づいてきた。八ツ玉を掌で弄《もてあそ》んでいる。顔色が蒼い。どこか具合が悪いので、辻へ出なかったのであろう。

「えびだ」

と〝梅の木〟はひだりにいった。そいつの名のようだ。

えびは掌のなかで玉の音を立てながら、にやりと笑いかけた。ひだりは黙っていた。

「人数が要る。委細はこの者ととりはからってくれ」

えびはうなづいていった。

「五十でも、百でも……」

「集まるそうだ」

〝梅の木〟はあとの言葉をとって、ひだりを見返った。もう、ひだりはもとの筑土のところに戻り、所在なげに佇んでいる。

「心配するな」

〝梅の木〟は不安げな面持のひだりにいった。

「みんなきりの仲間だ」

「仲間ですと。そういわれるのなら、手勢と考えましょう。それにしても、きりどのが乞食の仲間であったとは、とても考えられぬ。お屋形さまは、高貴の出だといっておいでだった。それにふさわしい品もあった」

「高貴といおうと、卑賤といおうと、しょせんは同じことではないか。たとえば、神、といってもいいのではないか」

「神といわれたか」

ひだりは、軽々しく神という言葉を口にするのを、なじったつもりである。

「忍びは、神と乞食の芸、というのはどうだ。そして、貴賤均しきを目指す……」

「そうかもしれぬ。が」

ひだりは少々、不明のいらだちを覚えた。

「それをいえるのは、お屋形さまだけでござろうよ」

〈おまえさまはまだ、なにもやっていやしない〉

そんな思いもある。

「あの者どもを束ねているのは」

〝梅の木〟はひだりの思いに、なんら忖度《そんたく》なしにいった。

「京にはいないが、ある説法僧だ。みんなはそいつを〝自然居士〟と呼んでいる」

「自然居士、といわれたな」

〈お屋形さまではないか〉

ひだりの胸が俄かに騒いだ。

「そいつがそういっている。その芸の果てが〝花〟だと」

ひだりはなにかいおうとした。が、すでに〝梅の木〟は背を向けていた。

「では、行く」

足早やに去る小坊主の影が長かった。

三

〝梅の木〟は瀬田《せた》を出て甲賀の雲井《くもい》を経、杣《そま》から油日《あぶらひ》越えか、内保《うちほ》越えするつもりであった。道はほぼ、大戸川《おおとがわ》に沿っている。

ひだりの一行も出立しているだろう。これは御斎峠《おとぎとうげ》を越えて、伊賀に入るはずである。

陽がまだ高い。

僧衣の袖を捲き上げ、せわしげに手足を動かして歩く。けっして速くはないが、望見《ぼうけん》すると、よほど急いでいる行歩に思える。

そんな〝梅の木〟を、僧形が追い越して行った。

〈また、きたな〉

と、そのうしろ姿を見送った。

これまでに、三人の者に追い越されている。一人は傀儡師《くぐつし》であり、一人は木樵《きこ》りであり、いま一人は髪をふり乱した女であった。それぞれ、鋭い一瞥《いちべつ》をくれて、歩み去っている。

〝梅の木〟には、それらが同一人物であることがわかっていた。

〈七方出《しちほうで》としては、巧いほうだ〉

と思う。

七方出は忍びの変装法をいう。文字通り、七種の出方の意味である。

そいつはどのような魂胆からか、〝梅の木〟を追い越し、どこかに潜んでやり過ごし、そのたびに姿を変えてまた追い越す。そんなことを繰り返している。

とくに害意は認められない。が、確かめておく必要がある。

〝梅の木〟は木蔭に腰を下ろし、一と休みの恰好をとった。

飯道山《はんどうざん》がかすんで望まれる。修験道《しゅげんどう》の山であって、甲賀者はもっぱらここに籠って修行するという。

こんどは、葛籠《つづら》を背負い、伊賀袴《ばかま》をはいた身なりでそいつがやってきた。これが素顔かもしれぬ。

視線が合った。そいつはなんとなく笑いかけた。〝梅の木〟はことさら笑い返しはしなかったが、話しかけられるゆとりを、表情に浮べていた。

そいつは歩み寄ってきた。

「ご坊、いずれへ参られる」

樺色《かばいろ》の平凡な顔である。どこという特徴もない。それが忍びとして望まれる〝相〟である。かなりの遣い手と思わねばならぬ。

「伊賀湯舟《ゆぶね》の里へ」

〝梅の木〟はなんら隠しもせず、ほろりといった。

「さようか。して、湯舟のいずれへ」

「申さねばなりませぬか」

「いや、別に。しかし、油日越えなさるか、それとも内保を越えなさるか」

「まだいずれとも」

「どちらも危ない」

「なにが」

「まだ若いご坊の一人歩きは不審がられる。それに美しい。三停《さんてい》ともに整った顔を、はじめて見申した」

三停とは、相学で顔貌を上停、中停、下停と分けるが、その総称である。釣り合いよく、調和を保っているのを吉相とする。

「そこに、鬼でもいますか」

「いる。鬼のような者どもが。藤林長門という者の手下が、たえず固めている。不審な者が現れれば、捕え、または殺す」

〈そこへ行く〉

いえば、こいつはどのような反応を示すだろう。が、〃梅の木〃はさりげなく答えた。

「それは怖ろしい」

「それゆえ、手前が送って進ぜよう。そのかわりに」

と、そいつはにやりと笑った。

「峠までは、手前の楯《たて》になっていただきたい」

要するに、甲賀の内は〃梅の木〃が、伊賀へ入ってからはそいつが、それぞれ守る立場になろうといっている。

「楯とは、どうすればよいのです」

「難しいことではない。手前が従者となり、ご坊の供をする」

「その姿で、ですか」

「されば」

そいつはあたりを油断なく見廻し、草叢《くさむら》に入って葛籠を開いた。たちまち、僧衣に着替え、鬘《かずら》をとり、笠をかむる。さきほどの僧形に早変りであった。

「いかがか」

「いまのほうが、よほど僧形らしい」

「知っておられたのか」

そいつは驚いたように、眉をひそめた。

あるいは、素知らぬふりで、賞《ほ》めればよかったかもわからない。が、このさい指摘することがもっと効果があるように思えた。

「傀儡師も、木樵りも、女も……」

「これは恥ずかしい」

「あまり、似せよう似せようと思うからでしょう」

〝花伝〟に、

〈物まねに、似せぬ位あるべし。物まねを極めて、そのものに真に成り入りぬれば、似せんと思う心なし〉

という。

「怖ろしいことをいうご坊だ」

「なぜ、そのようなことをなさる」

「ご坊がまこと楯になり得る人かどうか、確かめたまで」

「念の入ったことです」

「もっとも、確かめたのははじめの一度だけ。あとは奇異の念に打たれ、つい魅かれ申した」

そいつはこういって、頭を振った。

「ところで、なぜわたしが楯にならねばならぬ」

「ご坊には縁なきものであろうが」

と、そいつは葛籠のなかから、長い菰包みを持ち上げていった。

「これは鉄砲でござる。が、上質の火薬はこの先の杉谷《すぎたに》の住人、善生坊《ぜんしょうぼう》という者の工夫による。甲賀杣一党は、その工夫の流出をおそれて、容易に人を近づけぬ。僧形ならば、あるいは……」

「そうですか。わたしはただ、行けばよいのですね」

「さよう」

「それなら」

〝梅の木〟は立ち上った。

鉄砲そのものにも興味があった。杉谷はどうせ通り途《みち》である。なにほどのこともない。

そいつは〝梅の木〟のあとになり、先になりして歩いた。葛籠を背負った姿は、稚児僧の従僧として、よりふさわしく思えた。

杉谷山の広徳寺《こうとくじ》は、俗に甲賀の庚申堂《こうしんどう》という。叡山の末寺である。その麓に形ばかりながら、木の柵が見えた。

「あの通り、厳重だ」

そいつが耳打ちした。そのせいでもあるまいが、柵の内から男が二人、ゆらりと出た。

筒袖に短か袴。なにも帯びていないが、よく鍛えた顔色が窺える。甲賀杣一党の者であろう。

「どこへ行く」

一人が声をかけた。いまや従僧になり切っているそいつが、小走りに近寄って行って、なにやらささやいた。〝梅の木〟のほうを指さしている。

僧形がよかったようだ。山の庚申堂へでも参るといったのであろう。杣衆は納得げに顎をしゃくった。

柵を通り抜けたとたん、轟音が鳴った。善生坊という者の試し撃ちに違いない。

そいつは大げさにうろたえて見せた。そのあまり、葛籠がかたかたと揺れた。杣衆は嘲《あざ》けり笑った。どうやら、うまく騙《だま》しおおせたようである。

木蔭に小屋が見えた。その脇の陽溜りに莚《むしろ》を敷き、その上に男がまだ余煙の残る鉄砲を構え、長い毛ずねを投げ出して坐っていた。

傍に、火皿と二、三挺の鉄砲。

「善生坊どの」

そいつが声をひそめて呼びかけた。

善生坊はぎょろりと眼をむいて見返った。眼は鋭いが、鉄砲と火薬の工夫に余念のない一途で、かつ気の好さそうな男である。

坊、と名乗っていながら、延びるにまかせた蓬髪《ほうはつ》や不精《ぶしょう》髭《ひげ》も愛嬌があった。

そいつは、善生坊の機嫌の変らぬうち、とでもいうように、素早く葛籠から銭貫《ぜにずら》に刺した銭束と、菰包みの鉄砲をもって駈け寄った。

善生坊は銭束の重みを掌で計りながら、嬉しそうに笑った。それから小屋に入って、叺《かます》の包みを下げて出てきた。火薬であろう。それをそいつは、急いで葛籠に収《しま》った。

その間に、善生坊は菰を開いて、鉄砲をとり出していた。

「国友《くにとも》のものやな」

と、ためつすがめつして眺めた。

国友は近江《おうみ》の国友村。もっとも早く鉄砲の製造をはじめたところである。そいつはわざわざ、そこまで鉄砲を仕入れに行ったものらしい。

「あれはいかがか」

そいつは崖に幾段もの高さにしつらえた黒丸（標的）のうち、一番上部のものを指した。

「当らいでか」

善生坊は火縄に火を点け、ふうふうとせわしげに吹いた。

「腕を試すつもりか、鉄砲を試すつもりか」

と、火縄が燃え進むうちに、善生坊は話しかけている。その瞬間が、なににもまして楽しげに見えた。

「当らねば鉄砲が悪い。わしは」

また火縄を吹いていった。

「上野のひだりの腕を、一発で撃ち落した男だ」

無邪気に誇っている。

〝梅の木〟は表情を変えることなく、それを確かに聞いた。

「どれ」

善生坊が構えた。轟音とともに、黒丸が砕けている。

「どうだ」

善生坊は筒先の煙りを、吹き散らしていった。そいつは追従の笑みを浮べた。

「お見事」

「おまえ、撃ってみるか」

と、もうつぎの薬玉をつめている。

「わたしが」

〝梅の木〟はさりげなくいって出た。

「こいつはおもしろい。稚児僧の鉄砲踊りが見られる」

「そうかもしれませぬ」

〝梅の木〟は鉄砲を構えた。案外の重さがある。その重さのせいのようにして、肘を徐々に下げてきた。

「見ろ、これから苦しくなって、踊りがはじまる」

善生坊が黄色い乱杭歯《らんぐいば》を見せて笑った。とたん、筒先が火を噴いた。

善生坊の喉元から血が散った。顔はしかし、大口開いて笑ったままである。そんな恰好で、ごとりと転がった。その血を陽溜りの乾いた莚が吸いはじめている。

そいつは無言でいた。〝梅の木〟の顔を見ようともせず、鉄砲を受けとり、菰に包んだ。そして葛籠へ。

そのまま、柵を出る。杣衆はそれをあくび混りに見送った。気づいていない。

自然、足早やになっている。内保峠にかかった。少しでも早く伊賀に入ろうと思えば、玉滝《たまたき》へ出るこの道であろう。

峠の草いきれを嗅いでから、そいつはぽつりといった。

「怖ろしいご坊だ」

狙って撃ったことを、見抜いている。

「あんな無邪気な男を……」

「無邪気な男が、鉄砲をもつようになると、もっと怖ろしいでしょう」

また、そいつは黙りこくった。

峠を下り切った。

「もう伊賀だ。だれもいなかったようだ。あとは一人で行くがいい」

「忝《かたじ》けのうございました」

なにも辞儀にはおよばなかった。なにをしてもらったということもない。が、ある偶然を与えてくれた。そんな意味合いである。

「手前は、山田《やまだ》ノ八右衛門《はちえもん》」

そいつはこう名乗ると、おそろしい勢いで駈け去った。

〈こいつが八右衛門か〉

その名は伊賀者のうち、変装の名手として名が高い。喰代《ほおじろ》の百地丹波守《たんばのかみ》の砦に属する男である。

それにしても、忍びが名を明かすのは、概《おおむ》ね、他意ないことを示すためだが、このさいはなにか、捨てぜりふのように聞こえた。

四

こんもりと松や杉におおわれた小丘が見えた。南面して急な谷。北方は濠を距《へだ》てて、なだらかな甲賀の山々が連なっている。

藤林砦である。

その形状からいえば、伊賀に向って厳しく、甲賀側にゆるい。甲賀者との密接なつながりが察せられる。

ここでは、先祖を〝盛景《もりかげ》〟という。平内左衛門家長のことである。〝盛景〟と変称することにより、千賀地の分れではなく、服部の直系であると強調している。

〝梅の木〟は甲賀側に向った。砦門の下に野良が開けていて、なん人かの働き手の姿があった。それらがいっせいに〝梅の木〟を見た。

「お頼ん申す」

〝梅の木〟は駈け込むようにして、門をくぐる。

「いずれから」

と、門内で鶏を追っていた男がいった。門の外には、もう野良に出ていた男たちが馳《は》せてきて、固めるようにして立ち並んでいる。

「京より参りました。雙林寺《そうりんじ》の梅の坊と申す者でございます」

雙林寺は将軍家の籠った霊山城《りようぜんじよう》の近くに在《あ》る。遊行派《ゆぎようは》を名乗るが、もと天台《てんだい》の別院であった。

そこの僧を、将軍家が使者に仕立てて遣《つか》わした、という趣きにしたかった。梅の坊の名は、とっさのことだが、〝梅の木〟にちなんで、ごく自然に出た。

「梅の坊、と」

鶏を追っている男は、つぶやきながらもろくに〝梅の木〟のほうを見ていなかった。大きい茶色の鶏が、男の囲りを飛び跳ねている。右手の竹垣の向うに鶏小屋があるらしく、鳴き声が喧《やかま》しい。そこへ追い込むのに、手こずっているようだ。

「用件は？」

「長門守さまにお会いしたい。将軍家より……」

「これ」

男は鶏を叱った。〝梅の木〟の話を聞いているのかいないのか、わからない。また、ひとしきり鶏を追い廻した。

「梅の坊め」

男は鶏をいまいましげに、こう呼んだ。短か目の帷子《かたびら》から痩せこけた膝小僧の見えるのも、滑稽である。

年のころはわからない。ずいぶん老けているようでもあり、ふとした拍子に精悍《せいかん》な若顔にもなる。

そいつは、しまいに鶏を蹴飛ばし、いっぱいの羽毛を浴びながら、照れ臭そうに〝梅の木〟に笑いかけた。それから壮大な藁葺《わらぶき》屋根の乗る屋敷に向って、

「客人じゃ」

と叫んだ。どちらかというと、疳高《かんだか》い声であった。その声も聞きようによっては、滑稽である。が、門口《かどぐち》はもとより、たぶん囲りからも鋭い眼で固められたなかの滑稽さであっただろう。

じっさい、一見ぼんやりした百姓屋造りだが、よく見ると屋根の勾配《こうばい》がところどころ異なっている。勾配の急なところは、壁になっており、狭間《さま》が抉《えぐ》られているのが認められる。

狭間は丸か、三角。明らかに鉄砲用のものである。弓用の長狭間はまったく見受けられない。

〈よほどの量の鉄砲だ〉

と思う。

少年が出てきた。浅黒く、精悍な顔である。体つきは大きいが、〝梅の木〟と変らぬ年齢であろう。短か袴に、短か刀を一本。

「こちらへ」

少年が先に立った。〝梅の木〟はしかし、屋敷へ案内されなかった。竹垣をくぐって行く。鶏小屋の前を通り、木立のなかの長い小径を抜けた。そこで気づいたことだが、案内の少年の足音は、まったくなかった。

きゅうに視界が開けた。その果てに伊賀の里が一と目で見渡される。

そこは庭らしかった。広い泉水《せんすい》があり、灌木《かんぼく》が植えられ、岩も配されてあった。枯山《かれさん》水《すい》に似せたところもある。少しづつ、京ふうをとり入れていったものと思われる。

泉水の緑の繁みから、突如、紅い影がゆらめき立った。

桂包《かつらづつ》みをして、大文様《だいもんよう》の小袖を着けている。いかにも大人っぽいが、顔はあどけない。やはり〝梅の木〟と同じ年ごろであろう。

その少女が、じっと〝梅の木〟を見つめている。黒い瞳である。そのさまを少年が睨んだ。

〈困った〉

〝梅の木〟は僧形の者にふさわしく、眼を伏せていたが、不明の困惑を覚えた。なにかわからない。

「どうぞ」

少年が憤ったようにいった。別に立ち止って少女を眺めていたわけではないが、一瞬でも見さすまいという口ぶりである。

「こちらへ」

と、階《きざはし》を指さしている。

庭に面したその建物は、武家のような主殿造《しゆでんづく》りである。上段の間には床の間や違い棚が見える。

〝梅の木〟は背に少女の視線を感じながら、円座に坐った。少女のみならず、柱の蔭、蔀戸《しとみど》のあちらにも、人が忍んでいて監視しているような気がする。

なによりも、すぐ背後に、あの少年がひかえている。

「待たせたの」

ふいに蔀戸が開いて、さきほど鶏を追っていた男が現れた。

〈やはり〉

〝梅の木〟は思ったが、淡く愕《おどろ》いた気色《けしき》を見せた。

「お屋形さまでござる」

少年が背後から、念を押すようにいった。その藤林長門守は、膝小僧をあらわにして胡坐《あぐら》をかいた。いかにも、おおらかで、くったくない。

〝梅の木〟は改めて頭を下げた。

「いやいや、固苦しいことは抜きにしよう。そう、みほを呼ぼう。美しい稚児僧とは似合いかもしれん」

と、手を大げさに上げて招いた。みほとは少女の名であろう。よく似た瞳のきらめきから娘に相違ないと思われる。

背後には少女の匂いがした。同時に、少年のなにか刺すような熱気も感じた。

「で、将軍家がなんやというとる」

「されば」

〝梅の木〟は傍に置いた笠をとり寄せた。

少女の小袖に覆われた膝と、少年のすぐにでも立てるような武張《ぶば》った膝を見た。もとより、表情はわからない。

笠の紐のなかによじ込んだ書付を、なるべく不器用にとり出した。皺を延ばす仕草も、敬虔《けいけん》にゆっくりとした。

偽の合力の依頼状である。将軍家の花押《かおう》もだれが見ても怪しまれないように似せてある。が、その細心の配慮は不要であったかもしれぬ。

「どれ」

長門がひょいと腕を延ばした。その手をぐいと握って、するりと〝梅の木〞は体を寄せた。もう、短か刀がその胸に擬せられている。

一瞬、静寂が襲った。一座じゅう、ひたと息の根を止めたような静けさであった。

「だれに頼まれた」

長門の表情が変っていた。くったくなさは影をひそめ、しかし、口辺を歪《ゆが》めて笑みを失わぬ。それがむしろ、動揺を示していた。

このとき、庭先に現れた〝走り〞が、片手をついて叫んだ。

「ただいま、千賀地の若半蔵、手勢を引き連れ、伊賀に入りましてございます」

こいつはまだ、長門の危急に気づいていない。だからその声はずいぶんうつろに聞こえた。

「いかがいたします？」

「すでにここにきている」

と長門がいった。ようやく、〝走り〞は長門の思いがけぬ姿を見て、口をつぐんだ。

「さよう、服部半蔵」

〝梅の木〞はゆっくりいった。

「どうする？」

「どうしよう」

〝梅の木〟の半蔵は答え、しかし、本当にどうしようかと迷った。

ほんの少し、手を動かせば長門は死ぬ。その少しの動きにためらった。

〈意義は達せられたのではないか〉

そのとき、不思議なことが起っていた。少年がひらりと短か刀を抜いて、少女の喉に当てがっている。

「同時に刺す」

少年が低くいった。

半蔵にとって、そのみほという少女が、刺されようが斬られようが、なんの関わりもなかった。

〈笑止《しょうし》〉

と思った。

が、さいぜんみほをはじめて見たときの困惑が、名状しがたいかたちで襲った。少年はそれを知っていて、みほに刃を向けているのであろうか。

そう考えることで、なにかの脈絡が、自然に生じてくるようであった。奇態な心のかげりである。

みほ自身、硬《こわ》ばりながら、じっと黒い瞳をきらめかしているだけであったが……

「やめた」

半蔵はひらりと跳《と》び退《しさ》った。庭に下り立ったところを、少年の刃が飛んだ。僧衣の袖が斬り断たれて、落ちた。

柱や蔀戸の蔭、また木の繁みからいちどきに影が群がり出た。

が、半蔵はそれを黙殺し、少年とみほだけを見つめていた。

「うぬの名は」

「加当段蔵《かとうだんぞう》」

少年も見返したまま、答えた。

〈柘植の大串の伜《せがれ》か〉

と思った。加当は半蔵にきりもろとも刺された大串の姓である。

ただし、段蔵は大串の始末を知っているかどうか、わからない。知っていなくても、知っている以上に燃え立つ青い少年の眸子《まなこ》であった。

半蔵は庭から石垣伝いに、谷めがけて跳んだ。石垣がもう一段、ある。

そこをさらに跳び下りるとき、宙で一廻転した。その廻転の隙間を、何本かの手裏剣が、唸って飛び抜けた。

その手裏剣打ちの勢いは、まぎれもなく柘植ノ小串であった。小串はとっさに先廻りして、待ち伏せていたのである。

「小串の手裏剣は、一本、と聞いていたが」

半蔵はいった。

小串はなにか、いい返そうとしてもがいた。口辺から一条血が垂れてきた。半蔵の宙から蹴り下ろした爪先が、脾腹《ひばら》を破っていたようだ。

半蔵は見向きもせず、そこに拡がっている伊賀の里を眼下に、一つ、息をついた。

ちがんど

一

千賀地の屋形は、
〈ちがんど〉
と称《よ》ばれるようになっていた。

里人からそのようにいい慣わされるひびきには、たとえば〝長者屋敷跡〟とでもいうように、かつて盛大であり、いまは落ちぶれてなにか魔性のものでもひそむところ、という意味合いがこめられている。

まさしく〝ちがんど〟には、美しく匂う稚児がおり、伊賀一番の豪族である藤林砦へ、単身乗り込んで行って、当主長門守を思うさまなぶったというほど剽悍《ひょうかん》である。

その稚児にまつわる噂は奇怪である。十里先の敵に槍を投げ、しかも狙ったところに当らぬためしはない。また、白扇をまえに俯伏《うつぶ》していて、静かに扇を拡げるとともに、ふっと姿を消してしまう。

平生、なにをしているかわからず、いるかいないかも定かでない。ほかに棲む人がないように見えて、突然、異形《いぎよう》の者どもがなん十人、なん百人となく出入りする、という。

〝ちがんど〟はもとより、千賀地屋形のあるところ、という俚言《りげん》だが、里人はこれに、〈ちかど〉

というものの伝説を重ね合わせてそういっていたに違いない。

〝ちかど〟とは、藤原千方《ふじわらのちかた》。千方のなまった呼名である。

かれは天智帝《てんじ》の代、叛逆《はんぎやく》して伊賀、伊勢《いせ》を押領した男である。追討軍が迫ると、国境いの首岳《こうべだけ》に籠り、金鬼、風鬼、水鬼、隠形鬼《おんぎよう》と称する四鬼を操り、幾度も官軍を撃退し、悩ましたと伝えられる。

ついには、紀朝雄《きのともお》という者の大軍によって滅ぼされるのだが、四鬼を駆使する妖異な英雄として、語り継がれている。その〝ちかど〟である。

怪しい〝ちがんど〟の稚児は、そのまま〝ちかど〟でもあった。

が、稚児はいつまでも稚児ではなかった。稚児、つまり服部半蔵は、すでに青年になっており、青年にありがちな悩みと、多少のはにかみをもつようになっていた。

悩みとはにかみの実体はなにか、まだわからない。成長して鋼《はがね》のように逞しくなった肉体と、生得《せいとく》の研ぎすまされた神経との間隙《かんげき》から、ひょいと顔を覗かせたかげりであり、そのかげりを見るほかならぬおのれ自身であるとしかいいようがなかった。

この秋、半蔵は〝ちかど〟の籠った首岳に入っていた。修験者の入峰修行にのっとった〝苦患《くげん》〟だが、藤原千方を慕う思いもあった。

ある朝、色づいた樹葉の下を、二つの人影が足早やに通りすぎるのを見た。一人は裁《たっ》付袴《つけばかま》に大小を帯び、編笠をかむった強悍げな男であり、いま一人はその供と思える若者である。

その足取りに油断がない。ある術に堪能な者に違いないが、忍びでないとすれば兵法家というものであろう。

半蔵はその油断ない足取りや身のこなしに惹かれて、なんとなくあとを尾行《つけ》た。

二人の者は、伊勢八知《やち》から雲出川《くもずがわ》に沿って下る。谷間をおおう蔦《つた》かずらに、ときおり姿を見失うことがある。が、かれらはまっすぐ川下へ向っていた。

「見えました」

淵の繁間から、若者が首を延ばしているのが見えた。川下のほうを指さしている。

半蔵はその若者の顔に、思い当るふしがあった。そいつは、伊賀服部郷の荒木《あらき》村の住人で、又左衛門《またざえもん》ないし又右衛門《またえもん》という男によく似ていた。倅か、縁続きの者かもしれぬ。

荒木又左衛門ないし又右衛門なら、大和《やまと》柳生《やぎゅう》村正木《まさき》坂庄《ざかしょう》の豪族、柳生家に仕えている。

当時、柳生家は天文《てんぶん》十二年に筒井順昭《つついじゅんしょう》に攻められ、当主美作守家厳《みまさかのかみいえよし》と伜新右衛門《しんえもん》は奮戦したが及ばず、所領を失い、逼塞《ひっそく》の状態にあった。伜はもっぱら、中条流《ちゅうじょうりゅう》兵法にいそしんでいるという。

〈柳生新右衛門宗厳《むねよし》か〉

半蔵は若者の指さす方に、笠を傾けて眺め入るその姿を改めて見つめた。

三十に二つか三つ、まがあるだろう。鍛え抜かれたと思われる長身の体には、ある風格が認められる。

ところで、若者の指さす方から現れたのは、総勢およそ百人ばかりの行列であった。

一見したところ、大名の行列と思われた。

「豪勢なものですな。とても兵法家と思えませぬ」

と若者が嘆息まじりにいった。

新右衛門は黙っていた。笠に隠れて、その表情はしかと読みとれぬ。

若者がまたつぶやいた。

「さすが、塚原卜伝《つかはらぼくでん》……」

その名は、半蔵も知っていた。東国の兵法家で、その力倆《りきりよう》は無双といわれる。だいたい、卜伝は生涯に三度、廻国《かいこく》している。はじめは弱年のおり、二度目は壮年のとき、最後は六十代のときである。

ときに、功成《こうな》り名遂《なと》げた三度目の廻国であった。行き先は、弟子でありうしろ楯でもある伊賀の国司北畠具教《きたばたけとものり》の多気《たき》の館である。新右衛門は卜伝来遊を耳にはさみ、人知れず風姿を眺めておきたいと思ったのであろう。黙って、じっと見すえている。

大名にも劣らぬその行列は、しだいに近づいた。川の流れの向うの道を、ゆっくりゆっくりやってくる。

馬上に、卜伝がゆったりと乗っている。濃い茶の袖無羽織を羽織っており、小さく閑雅《かんが》な白髪の髷《まげ》、淡く輝く油断ない眼眸《がんぼう》が印象的である。

傍には佩刀《はいとう》を捧げる者、前後には槍持、それに大鷹を据えている鷹の者までいる。その見事な行装を、半蔵も繁みの間から眺めていた。

やがて、長い行列が通りすぎて行った。どうも、兵法家というものに対して、確とした評価が浮ばない。もし、見事な行装でなかったなら、

〈ただの老いぼれ〉

ではないか、とさえ思う。

が、若者はしきりに、豪勢であり、剣威並びない畏《おそ》れがある、といった。その若者が、

ふいに、頓狂《とんきょう》な声で叫んだ。

「ばさらが、そこに……」

半蔵の姿を見咎《みとが》めたらしい。

ばさらは本来、天衣無縫《てんいむほう》の振舞いから、伊達《だて》、風流ぐらいの意味だが、このさい、ばさら髪ということであろう。それも妖異を秘めた曲者《くせもの》、というに等しい。

いかにも半蔵の髪は延びるにまかせてあった。ばさら髪は、ときに藁しべで束ねるが、すぐに切れて額に垂れ下がる。

半蔵はそんなばさら髪を掻き上げた。笠をかむった新右衛門と若者が、じっとこちらを見ている。川縁の繁みを出ると、思いのほか身近なところに相対していた。そうかといって、そこになにも争うべきいわれがあろうはずがなかった。

が、若者はたぶん、卜伝という剣客を垣間見て、少なからず興奮していたようだ。そのあせりの所業であったかもしれぬ。

いきなり、するすると駈け寄ってきて、なにか叫んだ。

半蔵が体を斜《はす》にしたところを、刃を抜いて駈け抜けて行き、木の根に触れて転がった。ほんの少し、半蔵の指先が脇腹を突いてある。

「おまえは?」

新右衛門はいいながら、笠の紐に手をやった。

「別に」

半蔵は首を振った。

名乗るほどでもなかった。理不尽は、この若者にある。半蔵としては、いくぶんの好意のつもりであった。

が、新右衛門は別の考えをもっていたようだ。理不尽は理不尽として、若者に対する意趣か、あるいは半蔵自身のかもす妖異に対するものかもしれなかった。

笠を脱ぎ、袖無羽織を脱ぎ、それから刀を抜いた。引き締った浅黒い相貌である。

殺気、というものが感じられた。

〈本気らしい〉

半蔵は少し、狼狽《ろうばい》した。

上段にかぶった刀身が、木洩れ陽にときおり光っている。その光芒《こうぼう》が走り、低い気合とともに、一度、二度、振り下ろされた。

半蔵はなにもせず、一歩二歩と退った。闘えば負けることはないと思う。が、闘志はなかった。

だいいち、まっとうな斬り込みに対し、おぼろげな安心がある。表裏がなさそうに思える捌《さば》きは、あまりに単純すぎる。あるいは、単純の底に、なにか摑み得ない陥穽《かんせい》があるかとさえ考えられるが、そうでもないらしい。

とにかく、剣気厳粛に、真《ま》っ向《こう》からくる。

　三度目の打ち込みは、いくぶん鋭どかった。半蔵はやむなく一廻転し、自らも刀を抜いて、合わせた。

　鈍い音がして、新右衛門の刀が落ちた。それでもなお、脇添えを抜き放って、構えている。

　ふと、半蔵は容赦なく迫るその姿が不気味に思えた。いささかのゆるみもない。

〈相討ちになるかもしれぬ〉

　忍びを相手にしたとき、かつて感じたことのない脅れである。

　闘志もなく、受ければ相討ちになるような場を避けるには、逃げ出すことしかなかった。半蔵はひるがえって、枯草を踏んで逃げ走った。

「ばさらめ……」

　背後で、正気に戻ったらしい若者の叫ぶのが聞こえた。

　まさしく相手はばさらの曲者を討とうとしていた。これに対し、半蔵にはゆるみがあった。

　そのゆるみは、心のどこかに〝稚児の頼り〟を期待するものではなかったろうか。たとえば、藤林砦乗り込みは、かれが稚児姿であったからで、いまならそう容易《たやす》くいくか、どうか。にもかかわらずいまなお、稚児を頼りにしている……

〝花伝〟によれば、十二、三のころは、

〈この花は、誠の花には非《あら》ず。ただ、時分《じぶん》の花なり〉

という。ほんの一時の花であって、ときがすぎれば散ってしまうといっている。

そして、十七、八になれば、まず声変りがし、風体も腰高になり、かつての稚児の美しさは消せ、手立《てだて》にはたと困ることになる。

〈恥ずかしさと申し、かれこれ、ここにて退屈するなり〉

あれやこれやで、へこたれてしまうというのである。

怪しい噂の〝ちがんど〟の主は、じつはこのように気の屈した思いでいた。

二

一段と秋が深まったころ、西柘植《にしつげ》の楯岡《たておか》に小砦を構える道順《どうじゅん》という者がやってきた。

楯岡ノ道順は、延文《えんぶん》年中、南朝《なんちょう》方の士として戦って死んだ恩地《おんち》入道《にゅうどう》のあとというが、だれも信用しない。が、本人はおりがあれば強調してやまない。

中忍、という格を称ぶ言葉は、もともと伊賀衆にはない。が、上忍でもなく、下忍でもなければ、やはり中忍というのが都合のいい呼名であろう。道順はそのような立場で、しきりと家格を強調しようとしているらしい。

よくいえば、磊落《らいらく》、そうでなかったら粗暴だが、じつは要慎深くて、機を見るにさとい。言動とはうらはらの小さい眼が、しょっちゅうちらりと動いている。

道順は〝ちがんど〟の有様を、そのちらりと輝く眼で見廻しながら、ひだりにいった。

「なるほど、〝ちがんど〟だわ。荒れ果てたこの姿は、かつての千賀地の屋形を偲《しの》ぶよすがもない。これでは、攻め落す気勢もそがれる」

「うちは屋形の存否にこだわらぬ。なくてもよいと思っている。が、いくたびも、攻めかけようと藤林砦に進言したのは、当のおまえさんではないか」

ひだりは背を丸め、囲炉裏にほだをくべながらいった。が、道順は厚かましい。

「それを知っていたのか」

「知らいでか」

「が、事情は変った」

「どう変った」

道順は豪放に笑った。この男の笑いはうつろで、とりとめがない。

「わしはむかしから、千賀地のお屋形びいきよ」

「おまえさんはむかしから、きんたま膏薬《こうやく》よ」

ひだりはおうむ返しに皮肉をいう。が、道順にさして反応はない。

「千賀地ノ半蔵。若いが飛び切りのできぶつらしい」

「そうかね。魔性のものという噂もある」

ひだりはどちらかといえば、だらしなく笑った。嬉しくなくはない。眉毛が目立って、白い。

「大将は魔性のものでなくてはならぬ。魔性を失うと、尋常《ただ》の人になる。たとえば、藤林長門、あの人もここの若大将にやられて以来、まったく神通力を失くした。おかしなものだ。ちょっとした隙が、すべてを変える」

「ところで」

ひだりは屈んでいる腰を延ばした。

「用件はなにかね」

道順はたった一人できている。別に忍びを近くに隠してある気配もない。だいたいが自分でかなりの自信をもつ腕達者である。

「されば」

道順は拳で、自分の頭をこつこつと打った。禿《は》げていて、地が黒い。打てば、樫《かし》の幹でも叩くような音がする。

「ここの若大将を押し立てて、一と仕事したい」

「場所は」

「近江の佐和山《さわやま》」

「どちらにつく」

「六角《ろっかく》」

「小さい」

いい、ひだりは首をひねった。

近江源氏《げんじ》の佐々木《ささき》氏が、京極《きょうごく》、六角の二家に分れて、争いをはじめてからすでに久しい。もっとも、いまは京極氏をしのいだ浅井《あざい》氏がこれに代わっている。

この江北、江南の争覇点は、ほぼ佐和山あたりである。ここを中心に、蒲生《がもう》、神崎《かんざき》、愛知《あいち》、犬上《いぬかみ》、坂田《さかた》の五郡が、常に主戦場となる。そのたびに、小豪族たちは北につき、また南についた。

そのため、互いに人質を交換し合ったが、人質を出したほうが叛《そむ》くと、その人質は真っ裸に剝かれて、生きながら串刺しにされるのがしきたりであった。

当時、草刈り童どもに唄われた小唄は、こうである。

〝憂き世といえば浅ましや
惜しや高徳親泣かす
新庄駿河は子を泣かす
とかく惜しきは我がいのち〟

高徳も新庄も、やむなくいずれかへ叛いた小豪族の名である。

近ごろ、百々三河守《どどみかわのかみ》という者が、六角氏について佐和山の城をあずかっていたのが、叛意を示して浅井氏に寝返った。六角氏は憤って百々攻めを策し、忍びの合力を道順のもとへ求めてきたのだという。六角氏は数年前定頼《さだより》を失い、当主は義賢《よしかた》。のちに承禎《じょうてい》となった人である。

「百々は元来、浅井方の男ではないか。寝返ったのではなく、旧《もと》へ帰参しただけだろう」

と、ひだりはいった。

「あちらへつき、こちらへつくやつがいるから、われらの仕事がある」

と道順。

「そんな仕事は効薄いものだ」

「おまえさんは、いつからそんな大口を叩くようになった」

「わしは、若いお屋形さまには、一発で天下がひっくり返るような仕事をしてほしい。果てしのない仕事を繰り返して、多少の銭を貰ったところでどうにもならぬ」

「なるほど」

道順は逆らわない。むしろ、感に耐えたようにうなづいて見せる。

「それに、六角なら甲賀衆を使いそうなものではないか」

甲賀の各党は、六角氏との結びつきが古い。ほとんど家来といっていいようなものである。

「甲賀衆がかなり百々の麾下《きか》へ走った」

だから、伊賀衆へ話がきたというのである。敵味方に分れた忍び仲間が、暗黙のうちに妥協を図《はか》られてはたまらない。

「いずれにしても、ことが小さくていかぬ」

「そうかね。忍びは忍び仕事を積み重ねて、一人前になる」

「おまえさんにいわれなくても、お屋形は一人前だ」

ひだりは怒った手つきで、力をこめてほだを炉のなかに押しつけた。

「火が」

こういいながら、半蔵がふいに現れた。

「はぜすぎる」

それまで空いていた正座の莚《むしろ》の上に坐ると、炉のある間の形がきまる。古びた柱や梁《はり》も、それなり味わいのあるものに見えてくる。

だいいち、道順やひだりの口が、ひたとやんだ。

そんななかで、半蔵はばさら髪を、なんどもなんども掻き上げた。囲炉裏火の灯りで窺えるその表情には、憂然、とでも形容したいかげりがある。

やがて、

「近江の仕事、引受けた」

ぽつりといった。

「やってくれるかね」

道順は嬉しそうに笑い、一と膝乗り出してきた。

ひだりは不服げに、頰をふくらましている。が、道順はさらにいらだつことを、平気でいいだした。

「じつは、このたびの大将は、おまえさまだけではござらぬ」

〈藤林も〉

半蔵は髪を垂らしたまま、いった。

「湯舟の人か」

「その通り」

道順は大仰《おおぎよう》にうなづいた。そして、黒光りする禿頭を、こつこつと叩く。

「ただし、証人《あかしびと》としてきてもらう」

証人とは、監軍《かんぐん》ないし目付役というほどの意味である。忍びが忍びとして、まったき働きをしたかどうかを見届ける。敵味方が錯綜《さくそう》している地点では、ことにその〝証し〟が必要になる。

が、それだけではなさそうであった。すかさず、ひだりが炉端を叩いていった。

「おまえさんは、仕事を藤林から請《う》けたのであろう。そのための証人なのであろう。だいたい、六角が藤林を抜きにして、おまえさんのところへ合力を頼みにくるものか」

「じつはそうだ」

と、道順はやはり平気である。

甲賀衆とつながりの深い藤林としては、やはり満足に働けない。だから証人をつけて、仕事を与えた、ということであろう。

「それなら、なにもうちのお屋形が出る必要はない」

「いま、引受けたといわれた」

屁理屈《へりくつ》、というものである。

「なにも藤林の〝証し〟を受けてまで、働くとはいっておらぬ」

と、ひだりがいよいよいらだつのを、道順は咳払いなど混えて、軽く制した。

「わしがわざわざやってきた心を汲《く》んでほしいものだ。ここらで一つ、両家が和睦《わぼく》してくれれば、伊賀衆にとって、こんな喜ばしいことはない」

「喜ばしいのはおまえさんだけだろう」

どうやら、道順は藤林と千賀地の両上忍家の仲立ちをすることによって、自分の格の上ることを望んでいる。ひだりはその底意を指摘したのである。もっとも、そんな指摘ぐらいで動揺する男ではなかった。

「三家ともどもよければ、なお喜ばしい」

と、自分を含めて〝三家〟と呼ぶ有様である。ばかりか、じつはもっと老獪《ろうかい》であったようだ。

「して、証人はだれだ？」

というひだりの問いに、道順はそれが当然、といわぬばかりに答えた。

「藤林長門守が娘、みほ」

「なに？」

ひだりはよく聞こえていながら、反問した。

「みほ、でござるよ」

〈こいつ、縁を結ぶことを考えている〉

ひだりは半蔵を見つめた。近ごろは些細《ささい》な興奮でも、押えがきかない。たった一本の左腕が、ぶるぶるふるえている。

「構わぬ」

半蔵がいった。ばさらの髪がひそとも動かない。

「だれが証人であれ、その下で働いてみる」

〝花伝〟によれば、このころの稽古は、

〈ただ、指をさして人に笑わるるとも、それをば顧《かえり》みず〉

やることが肝要だといっている。

三

半蔵は一人、その日のうちに〝ちがんど〟を出た。ゆっくり歩んだつもりだが、夜明け前に琵琶《びわ》湖畔に達していた。

まだ鈍く沈む湖面の東に、佐和山の丘陵が連なっている。半蔵は東南の里根の山から登った。

一望したところ、なんでもない小丘であり、城そのものの造りも粗《あら》い。が、外見に似ず入り組んだ山肌であり、造りも粗いが頑丈にできている。

そこを、叛臣ながら強悍な百々三河守が、甲賀衆の一部を従えて籠っている。やがて浅井方が兵を繰り込んでくれば、手をつけられぬ堅固な山城となるだろう。陥《おと》すなら、〈そのまえに〉

である。

半蔵は山肌を縫い、要慎深く廻って、蛇谷《へびだに》へ出た。杉葉がびっしりと谷間を埋め、すえた匂いがただよっている。

上辺が少し、明るい。明けてきたらしい。

古木から一片、落葉が散った。崖から突き出た枝に、ひらひらそよいでいるのは、まだ容《かたち》をとどめた蛇の皮のようだ。

〈攻め込むなら、ここだろう〉

そう思ったとき、前方の倒木の蔭で、影が動いた。

迂闊《うかつ》といわねばならぬ。ちょっとした手練《てだ》れなら、投げ物が充分に届く距離である。

半蔵はしかし、倒木のあたりでなく、囲りを見廻してほかに潜んだ人影の有無を確かめた。まったくその気配はない。気配はただ一つであり、淡く柔かい。

半蔵はまっすぐに歩み、倒木の四、五間《けん》手前で、一跳を試みた。

足下に柿渋《かきしぶ》のくすんだ色の忍び装束を着け、同色の頭巾の緒を長めに結んだ者が、ひっそりと佇んでいるのが見えた。ことさら、飛躍する半蔵の姿を、見上げようともしない。

〈みほ、か〉

それにしても、不思議なたたずまいであった。

別に害意は認められない。が、害意以上の不気味さが、押し殺されてわだかまっている。

下り立った半蔵は、頭巾のなかから、じっと見つめるみほの瞳のきらめきに、かつての当惑を思い出していた。そのしばらくの対応が、久しぶりの辞儀のようなものであった。ことさらの名乗りは、ない。

「やはり、この谷へきましたね」

みほはまず、こういった。当然、ここへくると予測していた口ぶりである。声音がむすめとして、閑寂すぎる。

半蔵は頭巾のなかで、微《かす》かにうなづいて見せた。

「城の有様を眺めると、だれでも一度はここへくるようです。でも、罠でしょうね。誘っておいて、まとめて討つ。ここいらはさしあたり、恰好な鉄砲の的でしょう」

じっさい、左右の崖の上から、鉄砲の狙い撃ちに会っては、ひとたまりもないだろう。木々の繁みや裾狭く迫った地形は、撃つほうに有利である。

その崖の上から、赤い光線が差してきた。陽光がようやく谷間に届いたようだ。

みほは眩《まぶ》しげにその光線を受け、するりと倒木の蔭を廻った。もう装束を裏返しに着替えている。土地の鄙《ひな》びた女の姿である。

半蔵もねず色の装束を裏にし、頭巾をとった。木樵りのいでたちである。ただし、藁しべで束ねた髪が、少しおかしい。

「美豆良《みずら》のようですね」

みほは口元だけで笑い、自らも頭巾をとり、代わりに手拭いを乗せた。

「こちらへいらっしゃったらいかがです」

半蔵の足もとの湿った朽葉から水が滲《し》み、草鞋《わらじ》を濡らしている。別に腰を下ろしたいと思わないが、休むとすれば倒木のあたりであろう。

「では」

たった五、六歩、歩むのに、気合のようにして声をかけた。必要以上に要慎している自分に気づいている。倒木に近寄る足取りさえ、なにか重々しい。

みほは少し、体をずらした。そこへ坐らねばならぬようにして、半蔵は腰を下ろす。なぜだかわからない。要慎していてなお、不要慎のところへ身を置いてしまうもどかしさがあった。

乾いた倒木の樹皮から、温もりが伝わった。それまで、みほの体が乗っていたところである。

その温もりを感じながら、半蔵はむっつりしていた。みほもしばらく、黙っていた。すぐ間近で、若い女の微かな息遣いと髪の匂いがただよう。またしても、あの当惑が襲った。

「なぜ」

前をまっすぐ向いたまま、みほが口を切った。

「あのとき、父長門を討たなかったのですか？」

「同じことだと思った。討つも討たぬも……」

「そうでしょうか」

「討てば、どうなる？」

「あたしが、こんどあなたを討つ」

「討てるか、どうか」

「討つ、といっているのです。たとえ、なん十年かかっても」

「それなら、いまはどうか」

「生かしてくれたおかげで、討つ気はない。憎しみだけがあります。狙うことなく、憎しみを抱き続けることとは、どれほど苦しいことか、おわかりないでしょう」

害意以上の不気味さは、この沈潜した憎悪にあるらしい。が、その憎悪は、温もりといい、おんなの匂いのなかに、むしろ微妙な情感をもって伝わってくる。

「藤林砦の者は、みなそう思っているのか」

「だとよいのですが、多くの者は、長門の不甲斐なさをののしり、さげすんでいることでしょう。表面、従っていても、もう心は離れていっているでしょう。だから、あなたが一言、声をかければ、下忍たちはいまにも馳せ参ずるのではないでしょうか」

〈まさか〉

と思う。

「けれども」

みほはひょいと半蔵のほうを向いた。あのひそと見つめて動かぬ瞳である。

「討とうと思っている者がいないでもない。お覚えでしょう、加当段蔵」

だろう、と思う。あのときの青く燃え立つ瞋恚《しんい》の眼を、忘れることができない。

「いつでも」

相手になる、という気持である。

「でも、もう伊賀にはいません」

「どこへ？」

「さあ」

みほは頭を振った。

「修行の旅です。あなたを討つための」

「覚えておこう」

半蔵はこういって、立ち上った。樹皮から伝わるみほの温もりから、逃れるように、である。

そこへ、朽葉を踏み鳴らす足音が聞こえた。その足音は、いかにもわざとらしいものであった。楯岡ノ道順である。

「そのまま、そのまま」

道順はだいぶ先から、手振りを混えてこう声をかけた。

「よくお似合いだ」

半蔵もみほも、それぞれ崖の上を見上げて、憮然としていた。もとより、道順にはなんの斟酌《しんしゃく》もなかった。

「そのまま、ゆっくり話し合われるがいい。若い者には若い者しか通ぜぬ心がある。いつまでも、千賀地の、藤林の、といっているときではござるまい。それにしても、よくお似合いだ」

道順の声は頓狂であった。頓狂さをよく心得ていて、なお道順ははしゃぐようにいう。

「そのまま、われらの働きを見分して下さればよろしい」

半蔵とみほを会わせることだけが、目的であったかのように思われる。

「よさないか」

半蔵は道順のほうに歩み寄った。

「おれは働くためにきた」

「さようでござったな」

ころりと真顔に返る表情の転換も、早い。どこまで本当か、摑みどころがない。

「が、策は立ててござる。大手から堂々と入る」

「どういうことか」

「やがて、浅井方の先手がくる。それに混って入り込む」

「そんなことができるのか」

道順は笑った。

「じつは、浅井の先手は偽ものでござる」

「どこの者だろう」

往来はげしく、顔見知りもあるかもしれぬ甲賀衆や伊賀衆では、このさい先手の偽ものになり難い。

「たぶん、ご存知でござるまい。流れ者の願人衆《がんにんしゅう》でござるよ」

道順の小鼻が、ひくひくと動いた。自慢げである。願人衆にまで手蔓《てづる》があるのだ、とその顔がいっている。

願人とは妻帯肉食の修験者だが、平生は諸国を歩いて加持祈禱をし、または代参《だいさん》を行い、秘符《ひふ》などを売る。

むかし、源 義経《みなもとのよしつね》が奥州へ下向になったおり、駿河の修験者のうち、〝兵法虎ノ巻略法〟を伝授していた者どもが、毘沙門天へ心願をこめて供をした。そこで義経は、親しく〝願人〟と称んだという。

どちらかといえば、怪しい素姓である。が、その素姓にのっとって、諜報を売り、徒党をなし、ときには戦さに加わる一党があった。その願人衆であろう。

「駿河の二郎三郎《じろうさぶろう》と申す者どもでござる」

「おれも、そこへ加わろう」

「さようか。お好きなようになされ」

道順はすっかり明るくなった崖の上を見上げながらいった。

「ここを攻め口と思われたろうが、あれ、もう見張りが出て参った」

なるほど、人影が見えた。鉄砲を担いだ姿も二、三人。朝もやのなかに、ゆっくり往き来しはじめている。

半蔵は谷間を走り出た。そのあいだじゅう、みほの視線が背を追っていた。

四

鳥居本《とりいもと》に開く大手の坂に向って、奇妙な一団が行く。

鹿角《かづの》の兜《かぶと》をかむっている者があるかと思うと、胴丸《どうまる》を着け、蓬髪《ほうはつ》に手拭いで鉢巻《はちまき》した者もいる。陣太刀《じんだち》を佩《は》いているかと思うと、半《なか》ば錆《さ》びて欠けている手槍を、杖に突いている者もいた。およそ、五十人。

半蔵もそのなかにいた。みほが美豆良のようだ、と笑った髪が、本来のばさらに乱れ、それがこの一団のなかの人間として、よく似合った。

頭分《かしらぶん》の二郎三郎という男はどれか、まだわからない、道順が話し合っていたのは、先頭を歩く大柄な鎌髭《かまひげ》の男である。そいつがずっと差配している。

一団の者は、風態《ふうてい》にふさわしく、足並は乱れ、てんでにしゃべり合い、笑い合う。それらは食物の話であり、女の話であり、そして卑猥《ひわい》な笑い声であった。これから自分が疵つくかもしれず、また死ぬかもしれぬ闘争の場へ赴こうという気組みが、どこにもない。

正面に城砦《じょうさい》の門扉《もんぴ》が見えた。脇から顔を出す物見に、鎌髭が手を振って叫んだ。

「浅井家より先手として参った。家中の衆もおっつけ参るでござろう」

声が太くて、よく透る。なによりも、もの慣れた態度が見事である。

「ご苦労」

物見が応じた。雇い衆が先乗りしてくるというのは、じじつであるらしかった。

扉が開かれた。異様な一団が、やはり雑然とした足取りで門をくぐる。それを百々家の家士たちが、居並んで迎えた。

さげすみ笑う者もいたし、眉をひそめる者もいた。が、概して人数さえ増えればよいと思っているようだ。

建物や土塁は堅固だが、構えにくらべ、人影はあらあらとしている。たぶん、三百を越えることはないだろう。だから、五十人の合力は大きい。ただし、かれらがまことの援勢としたら、の話である。

一団が門をくぐるとすぐ、扉が閉められた。すると、家士たちとは別の兵が十人ばかり、入れ替るように立ち現れた。

〈百々に味方した甲賀衆だ〉

半蔵はすぐにわかった。かれらは、一団の雇い衆の実体を確かめようと、不審の眼を注いでいたものと思われる。

「その男に、その男。そいつも……」

頬骨高く張った坊主頭の男が、一団のなかのなん人かを指さした。そのたびに甲賀衆が駈け寄って、引きずり出した。

それらは、いずれも楯岡砦の伊賀衆であった。半蔵は指摘されていない。ばさら髪のせいであろうが、もともと、顔は知られていないはずである。

引き出されたのは、三人、なにか、ふてくされたようにして立っていた。

「わしは杣《そま》の安養坊《あんにようぼう》。おまえら、わしの顔を知っているな」

知らないとはいわせぬ、という口ぶりである。

三人の者どもは、少し口辺を歪めた。笑おうとしたのかもしれない。が、いま逃げ出すか、暴れ出すかしたらどうなるか、そんなことを考えたようで、その一瞬が隙になった。

――ひゅッ

端の男の喉笛が鳴り、すとんと首が落ちた。それから体がゆっくり倒れた。安養坊と名乗る男が、いつ抜き放ったかわからぬ刃を、べろり、と舐めている。

同時に、他の二人は安養坊以外の甲賀衆の槍に、左右、背後から刺し貫かれていた。

「六角の間者《かんじや》だ」

だれかがいった。願人衆は、粛《しゆく》として静まり返った。半蔵も黙って眺めていた。

やがて、鎌髭が咳払いをしながら、おそるおそる安養坊のほうに歩み寄った。いましがた、門前で名乗りをあげた風姿が嘘のように思える。

「いけない連中がもぐり込んでいたようでござる。ほとほと、困《こう》じ果て申した」

「なにも」

と、安養坊は舐め終った刃を収っていった。

「おまえさんを責めてはいない。この者どもは、こうやって忍び込むのが仕事だ」

安養坊は一見して敵方の間者を見破り、即座に成敗《せいばい》したことで、いくぶん気をよくしているらしかった。

「あとはもう、よろしゅうござるか」

安養坊はおうようにうなづいた。

「ただし、働かぬ者、敵に背を向ける者がいたら、このようになると思え」

「心得申した」

鎌髭は深ぶかと頭を下げた。下げながら、だらりと下げていた槍を、ひょいと突き出した。

せっかく突き出した槍の穂先は、安養坊の脇に押えつけられ、籠手《こて》裏の鎖を疵つけたにとどまった。のみならず、安養坊の素早い抜刀が襲った。鎌髭は顔面を割られ、顔というより髭じゅう血だらけにし、なにか大声で叫んでくるくる廻った。

が、それが合図ででもあったかのように、静まり返っていた一団が、俄かに喚声を上げて散った。

〈なかなかやる〉

雑然としていて、呼吸が合っている。もとより、半蔵もその雑然とした一団のなかの一人であった。たちどころに甲賀衆の二人を、斬り倒した。

しばらくは狼狽して逃げ足だった百々の家士も甲賀衆も、構えを立て直して攻めかかってきた。騒ぎを聞きつけて、あちこちから兵が集ってきた。

見廻すと、勢いのよさそうな願人衆が、しだいに斬られ、追い立てられていた。やたらと叫び、怒鳴っているが、闘いそのものは、どうも拙劣《せつれつ》であり、弱すぎた。ただ、やみくもに騒ぎ立てているようなものである。

そんな願人衆を、狙い討つかのように、安養坊が駈け寄って行っては、ひらりと刃を揮《ふる》う。そのたびに首が飛んだ。よほど、刀揃《かたなさば》きに堪能である。兵法というものを身につけているようだ。

半蔵はまっすぐ、安養坊のところへ向った。ふと視線が合った。

「おまえは」

なにに愕《おどろ》いたのか、眼の色が変った。

「〝梅の木〟という小坊主ではないか……」

こうつぶやいたようである。このときすでに、半蔵の刃が星合（股）を、下から斬り上げている。甲冑《かっちゅう》を着けた相手には、喉か、星合である。

安養坊は両股を開き、血を垂らしながら、ずいぶん長い間、立っていた。その表情は鉄砲の善生坊によく似ていた。縁辺の者ででもあったろうか。

安養坊が倒れると、また情勢が変った。願人衆はふたたび叫び、怒鳴りながら、刀槍を振り廻して飛び跳ねはじめた。

建物の屋根のほうで、二発、三発、銃声がした。百々の家士は、明らかに戦さの構えをとっている。黒い陣羽織を羽織っているのが百々三河守であろう。

半蔵はなにか願人衆たちに声をかけようとした。あまりに滅裂な形に散っている。やがて鉄砲で一人づつ撃たれていくのではないか。

「やっとる、やっとる」

背後でこんな声がした。

不思議な声である。濁《にご》り、沈澱《ちんでん》した音声である。しかも、いくぶんどもり気味であった。闘いのなかに、見当違いなことをはやし立てているように見える。

半蔵は見返った。

そこに矮小《わいしょう》で、小肥《こぶと》りの若者がだらしなく口を開けて立っていた。じつは若者かどうかわからない。浅黒く、まん丸い眼玉の縁に、黒いくま取りがある。だれが見ても、

〈たぬき〉

である。

願人衆の一人に違いないが、一団のなかにいたかどうか、定かに記憶にない。これほどの印象深い相貌姿態でありながら、なお記憶に薄いというのが奇怪である。

「おまえさんも、なかなかやる」

そいつが半蔵に笑いかけた。もとより、笑いかける場合ではない。

親しみをこめているのかもしれない。が、どこかに狡猾《こうかつ》さが窺われる。そうでなかったら、よほどの度量の持主であろう。

〈駿河ノ二郎三郎〉

かもしれぬ、と思った。

「おまえさんが、願人衆の頭《かしら》か」

「鉄砲が出てきた」

そいつは、とぼけたような口ぶりで別のことをいった。じじつ、屋根の上に十挺以上の鉄砲が並んで、火縄の煙りを上げている。

「頭なら」

と、半蔵はそいつのとぼけに構わず、いった。

「早くもの蔭へひそませたらどうだ」

「二人、やられた」

また、前方を眺めながらいった。鹿角の兜をかむったやつが鉄砲玉を受けて倒れ、転がった兜を拾おうと走ったやつが、続いて撃たれた。

「だから、早く退かせねば」

「見ているのは、辛いものだ」

どうも、話の歯車が合わぬ。

「おれが差配しても、いいか」

「すれば、どうなる」

はじめて、そいつが半蔵に向き直った。

「一人でも助かる」

「助かれば、どうなる」

「わからぬ男だ」

そこへ斬り込んできた甲賀衆が一人、半蔵の足もとへ逆斬りに斬られて転がった。そいつは見向きもしない。半蔵が斬るだろうことを、当然のように思っているようだ。

「暴れているのが、われらの仕事だ」

ぽつり、そいつがいった。

潜み隠れているだけではだめで、暴れ、動いていて、死んでいくのが仕事だ、といっている。

「しまいにどうなる」

こんどは半蔵が訊ねた。

「六角勢がくる」

「保《も》たなかったら？」

そいつは、おかしそうに笑った。

「負けや」

もう、願人衆は半分以上も斃《たお》れただろう。叫び声も少なくなった。銃声ばかり音高い。

「やむを得ない」

半蔵は土塁と馬場の柵の間を縫って走り出した。建物の横手へ出ると、二つ三つ、飛礫《つぶて》を投げ、ひるむ隙に跳び上がって、刃を揮った。鉄砲の衆が鉄砲を抱えたまま、転がり落ちていく。

だれもいない屋根上から望むと、ようやく六角勢らしい手勢が駈けてくるのが見えた。先頭に道順が走っている。

〈危ないところだ〉

半蔵は跳び下りて、あのたぬきのところへ戻った。

「六角がきた」

「それ、みろ」

そいつは、いった。なにが〝それみろ〟なのか、わからない。

願人衆はたぶん、二十人を割っているだろう。小勢になった一党に、そいつははじめて声をかけた。

「おおい」

まのびし、しかし、びっくりするほどの大音声であった。どこにそんな声音がひそんでいたか、想像もつかぬ。

「おまえさんが、二郎三郎という人か」

「おまえさんは？」

「千賀地ノ半蔵」

「ほれ、六角勢がきた」

また、はぐらかした。人の名だけ名乗らせる結果になっている。半蔵の名自体、よく耳に入ったかどうかも疑わしい。

願人衆が集ってきた。入れ替るようにして、門扉を突き破って入ってきた六角勢が、百々勢に向って行く。

「行こうか」

たぬきがぼそりといった。願人衆がまた一団になった。もはやたぬきの所在がわからない。そんな一団が、血腥《ちなまぐさ》い声を張り上げて、佐和山を去って行く。

五

勝鬨《かちどき》が上った。火の手も見える。

「さあ、すんだ」

と、道順は満足そうにいった。じつは、六角勢の手引きを終えたとき、忍びの仕事はすんでいる。

「若大将、ならびに証人どの、いざ、引上げでござる」

道順はおどけていった。半蔵も、ことすんで現れたみほも、憮然《ぶぜん》としている。なによりも、吹き渡る秋風が血腥い。

「観音寺《かんのんじ》へ行けば、お屋形の喜ぶ顔が見られる。褒美《ほうび》もたんと下さるでござろう」

観音寺には六角家の城がある。

佐和山を出て、山手の間道をとる。道順のあとに、半蔵、みほ。それぞれ多少の距りを保っているが、よそ眼には舅《しゅうと》と若夫婦のそぞろ歩きにも見える。ずっと離れて、うしろを行く道順輩下の伊賀衆たち。

半蔵にはどうも気づまりであった。すぐ背後のみほの視線が、痛いように背に感じられる。

半蔵もしゃべらないし、みほも無言である。高い陽の下、かなたに琵琶湖の湖面がきらきら輝いて見える。

道順だけが上機嫌で、鼻歌を唄ったり、ふと振り返って、半蔵とみほの姿にうなづいてみたりする。

そのあげく、

「歌ができ申した」

といって、詠《よ》み上げた。

〝佐和山に百々と聞ゆる雷《いかづち》も伊賀関入れば落ちにけるかな〟

伊賀関とは、道順が姓にしている名称である。文明《ぶんめい》のころ、楯岡のあたりに関所が設けられていたが、俗にこれを伊賀関といっていた。

要するに、伊賀関道順が攻め入って、佐和山を落した、といっている。手柄を一人占めにした気でいる。歌そのものも、稚劣《ちれつ》極まりない。

〈いい気なものだ〉

半蔵は思う。たぶん、みほもそのように感じたに違いない。

「人がたくさん、死にました」

背後からこういいかけた。

「ああ、死んだ死んだ。闘いでござる」

前から道順が答える。なんの感慨もなさそうである。

「それに、ほんとうの働きは、願人衆とこの千賀地の方ではありませんか」

みほがさらにいった。すると、道順は足を停めた。

「ごもっともでござる。されば」

と、道順は伊賀関の部分だけ改めて、詠み上げた。

〃ちがんど入れば落ちにけるかな……〃

「いかがでござるな」

「歌は、もうよろしい」

半蔵はたまりかねて、口を出した。

どうも、苦々しい。みほはほんとうのことをいったにすぎないだろうが、傍に当人がいることを思えば、なにか身贔屓《みびいき》されたようで、うっとうしい。

「さようか」

道順はごく平気で、また歩き出す。

犬上川に出た。甲良《こうら》という里のあたりであろう。

〈あの男ではないか〉

半蔵は上手の河原に、しゃがみ込んでいる人影を見た。たぬきの二郎三郎のようである。

半蔵は素知らぬげに、瀬を渡り切ってからいった。

「おれはここで」

「どうされた。観音寺へ行けば褒美が貰える。そうでなくても、目通りしておけば、向後《きょうこう》なにかと都合がよろしかろう」

半蔵は黙って、首を振った。ばさら髪がふさふさと揺れた。その隙間から窺うみほの表情が、微かにかげった。

〈憎しみの対象が去る〉

そんな名残りめいたかげりである。憎しみの対象がもっと長く、身近にいてほしいとでもいっているようである。

半蔵はしかし、黙って一同を見送った。じっさい、女人の憎悪の意味が、まだよくわからない。

半蔵はすぐに流れに沿ってさかのぼり、それから河原に下りた。

たぬきがなにかぶつくさつぶやきながら、石を積んでいる。もう三十ばかりも積んであるだろうか。いずれも河原の縁に並んでおり、ひたひたと水の流れが洗っていく。

「なにをしている」

声をかけると、たぬきが振り向いて、きょとんとした眼で笑った。が、すぐには答えず、小肥りの体を屈め、いくらか大き目の不恰好な石を抱え上げて、

「これは、鎌髭のやつに似ておりはせんか」

と、いう。

〈死んだ願人衆を葬っているのだ〉

殊勝なことだと思う。

「似ているとも」

「そうだろう」

たぬきはそれが最後であるらしい石積みを終えた。

「一人でやっているのか」

「連中はもうはじめたからな」

「なにを」

「戦さのあとには、酒盛りをするものだ」

とたぬきは笑いかけた。

「おまえさんもくるか」

「構わぬか」

「世の中に、気兼ねすることは、なに一つない」

こういって、危なかしい足取りで、流れを渡る。ぬめった河原石につい転びそうになるその小肥りの姿は、いかにもなんの遠慮もなさそうである。半蔵はそのあとに従った。

崖縁の小径を登る。急に視界が開けて、行く手に三国岳《みくにだけ》が望まれた。その木立のなかに傾いた百姓家が見え、もう喧しい人声が聞こえてきた。

「恰好の隠れ家だな」

「隠れ家ではない」

と、たぬきはいった。

「ただの百姓家だ。銭をやれば、軒を貸す。酒も出る。もっといいこともある」

見ると、願人衆がそこここに血をこびりつかせたまま、軒下まで拡がって、濁り酒を飲んでいる。唄う者や舞う者、とにかく騒がしい。

なにかののしり合っていた奴が、突然、立ち上って刀を振り廻した。だれかがそのよろめく足の間に棒を差し入れると、大仰なかたちでひっくり返った。その拍子に竹筒が半蔵の手元へ飛んできた。

摑みとった竹筒へ、

「飲め」

と、酒を注いでくれた者がいる。そのまま坐り込むと、もうごく自然に仲間に溶け込んでいる。

ふいとたぬきの姿が消えた。半蔵はある不審な興味を抱いた。

酒の入った竹筒をもって、百姓家の裏に廻る。藪から川に臨む崖になっており、流れの音がずいぶん下から聞こえている。その崖縁に根を張った杉の幹の蔭で、人影がうごめいているのが見えた。

白い脚とたぬきのものに相違ない脛巾を着けた短かい脚。からみ合っているようだ。

幼ないときの記憶がよみがえった。腥《なまぐさ》い不快をともなうきりと大串とのあのうごめきである。

半蔵は杉の太い幹を見つめながら、竹筒の濁り酒を飲んだ。酒そのものより、竹の香りがした。その香りはまた、湿りを帯びた木々や杉葉や土の甘酸っぱい匂いをともなった。さながら、幹の蔭からゆらめくように思われた。

〈よいしょ〉

このような掛声が聞こえた。幹のこちら側からたぬきが顔を見せ、向う側から手で髪を撫でつける仕草をしながら、女がうしろ姿を見せた。中年の百姓女である。

女はこちらへ顔を向けようとはせず、そのまま崖を下りた。ひょいひょいと木の根や蔓を伝って跳ねるように去る風情は、いかにも満足そうである。

たぬきのもっそりした表情も、いくらか晴れやかに見えた。この男のいう、

〈もっといいこと〉

を終えた小気味よさみたいなものが感じられる。

「酒は、うまいか」

たぬきはいきなり、こういった。

「さあ」

半蔵はばさらの髪を揺った。じつはうまいと思ったことはない。が、飲むだけなら、五升でも六升でも、酔わずに飲むことができる。

「それなら、こちらへ寄越せ」

たぬきは竹筒を奪いとるようにした。なにか憤っているような口ぶりである。

「うまいならうまい、まずいならまずい、でよい。いやいや飲むことはない」

こういって、一息で飲み干した。滴が丸こい顎に垂れている。それを拭いもせずにいった。

「おまえさんは、なかなかできる男だ。が、どだい欲心、煩悩《ぼんのう》というものがなさそうだ。だから他人の煩悩を見て笑う。世の中は、およそ煩悩で動いていることを知らないか」

すらすらいったのではない。どもりながら、きょろりとした眼を据えている。説教臭さより、むしろ滑稽であった。ばかりか、自分で少し照れたように、にやりとした。

「おまえさん、いくつだ？」

「天文十一年の寅《とら》」

「困った」

〝たぬき〟はいっそう照れたようだ。

「わしも十八。同い年だ」

「それがどうした？」

「なんでもないが」

と、またこの男の癖であるはぐらかしがはじまった。

「おまえさんの連れの女は、美しい」

〈みほ〉

　のことをいっているらしい。

「あの眼を見たか。うるんだあの眼を」

「憎しみだ」

「憎しみの眼がうるんでいるものか。もっとも、女から憎まれるようになれば上々だ。ただし」

また、笑った。

「嫌やなら、わしがいただく」

そして、丸っこい手で半蔵の背中を、どん、と打った。半蔵は打たれたのを拍子のようにして、崖を伝って下りた。しばらく、うしろで酒盛りの騒ぎ声が聞こえていた。

陽炎《かげろう》

一

年が明けた。永禄《えいろく》三年。

どうも、ひだりは機嫌が悪い。

近来、〝ちがんど〟の収納が減っており、百姓どもの思い上りが目立っている。これはすべて半蔵が〝ちがんど〟の主として配慮を欠くどころか、顧みもしないせいであって、

〈老いの腕、一本では支えきれぬ〉

というのである。

だいたい、伊賀の諸豪が、百姓とともに国司、寺社勢力を放逐《ほうちく》し、それぞれ領域を定め、閉鎖的だが一種の自治制をとってきたのは、〝領主〟というものの酷《きび》しい仕置《しおき》から

免れるためであった。忍びはだから、もともと領域内の生命、財産を護る術として発達したものといえる。

それが、諸豪同士の対立や争い、術そのものの職業化によって、いつのまにか忍びの衆を擁《よう》した〝領主〟のようになってしまった。いきおい、仕置は強くなり、百姓は百姓で諸豪との連帯感は消え失せ、かつての旧〝領主〟に抱いたような不平不満をもつようになっている。

悪いことには、そんな風潮のなかで、たとえ仕置をゆるめたところで、喜ばれるどころか、思い上りを助長させる結果にしかならない。

けれども、半蔵はこういう。

「おれは〝領主〟ではない」

「そんなことをいうてござるから、人も土地も、しだいに奪《と》られてしまう」

と、ひだりは憤り出す。

「おのれは〝領主〟でないというていても、〝領主〟をもたねば生きていけぬ人間は、いかがしたらよろしいのか」

「そういわれると、困るが」

半蔵には、人間は一定の土地に定住すべきかどうか、という疑いがある。定住しているから、〝領主〟が生れ〝領民〟ができ、収奪し収奪されるのではないか。

ことに〝けむりの末〟といわれる身は、ゆらめき、そよぎ、流れて果てるのが本質ではないか。漠然とそう思っている。

「乞食になるか」

「また、乞食でござるか」

ひだりは苦い顔をする。半蔵はしかし、流浪の民としての乞食をいっている。

人間に〝欲心と煩悩〟のあるかぎり、おいそれと乞食になれそうもないし、人にすすめるわけのものでもなさそうである。だから、半ばは戯れのつもりであった。

じつは、半蔵はひだりの不機嫌の理由を、およそ察している。道順の口車に乗って、藤林長門の娘みほと行をともにしたのが気に入らないのである。

その証拠に、問わず語りに、

「近ごろ、藤林の者どもが、ずんとわれらに愛想がよい。面妖《めんよう》なことでござる。藤林はわれらが屋形を乗っとろうと企《たくら》む敵であることを、お忘れあるな」

といきまくことがある……

そんな春の一日、少年たちが五、六人、〝ちがんど〟へ駈け込んできた。そして、かれらの代表と思われる者が、片膝ついて、

「怪しげな坊主、捕えて参りました」

という。

半蔵はその口上そのものより、真剣な眼差しや強悍な体つきの少年たちを、不思議に思った。言動のはしばしにいたるまで、かつてこの屋形にたくさんいた下忍衆とそっくりである。

〈いずれの者どもか〉

「お屋形の輩下でござるよ」

と、ひだりはぶっきらぼうにいった。

「どうしたのだ」

「わからぬお人だ。小童《こわっぱ》も年が経てば、大きくなる」

先代半三が、流浪の旅に出国した当時、一と口に、女子供、といわれてとり残されたその子供たちである。これら成長した少年たちの鍛錬もまた、ひだりの一本の左腕に支えられてきたに違いない。

〈なるほど〉

半蔵はしかし、そのためになんのねぎらいの言葉もかけなかった。一つ二つ、うなづいたにすぎない。が、ばさらの髪の下で、鳶色の眼が輝いたのを、ひだりは見逃さなかった。

「未熟な者どもでござるが、乞食どもよりなんぼかましでござろう」

こういって、

——ピャウ、ピッピッ……

と、短かく口笛を吹いた。どうだ、といっている。

ときおり〝ちがんど〟に異形の者が出入りしているという噂が立ったが、それらはえびや仲間の乞食たちである。〝けむりの末〟ともあろう忍家が、乞食を出入りさせておいて、下忍を養おうともしない有様にも、ひだりは不服であったようだ。

「まだたんとおり申す。男ばかりではござらぬ。女子《おなご》もいる。当人はご存知あるまいが、女子どもはすべて、お屋形を慕うてござるわ」

もし、半蔵がその気になれば、いつでもこれら女子をあてがいかねぬ口ぶりであった。みほへの牽制のつもりであろうか。

が、半蔵の眼は、もう門前のゆるやかな坂を、十人ばかりの少年たちにとり囲まれて登ってくる僧形の男を眺めていた。

〈山田ノ八右衛門だ〉

すぐにわかった。

少年たちの話によれば、千賀地の里をうろついていたのだという。八右衛門にはしかし、さして害意は認められなかった。少年たちと争った様子もない。微笑を浮べて、半蔵とひだりの前に立った。

〈変装が巧くなった〉

と思う。老練なひだりが、まだ気づいていない。

「久闊《きゅうかつ》でござりますな」

と、八右衛門がいった。

「いまでも、眼を閉じれば、美しい稚児姿が浮んで参りますわい」

あのときから、半蔵のおよその動きを、ことごとく知っている、といわぬばかりである。

「存知よりの者でござるのか」

傍からひだりが頬をふくらましていった。

「山田ノ八右衛門だ」

「百地砦の、か」

ひだりが眼をむいた。それからようやく思い当ったように、唸った。

「まぎれもない八右衛門だ。いったい、なんとした」

「なにもいたさぬ。ただ、通りかかっただけ」

と澄ました顔でいる。なんの不審もなさそうだ。が、半蔵はその巧みすぎる僧形の容姿を見つめながらいった。

「物真似の道を極めたようだ」

「手前はまことの信心発起《しんじんほっき》にすぎませぬよ」

変装ではなく、そのものに成り切っているからで、似せようとしたわけでない、という意味であろう。かつて、半蔵が八右衛門にいったことがある。

「いかにもそのようだ、それも、一向宗《いっこうしゅう》か」

「どうも、お屋形さまの眼はごまかせない」

八右衛門は坊主頭を叩いていった。

「われらが主、丹波以下、さきごろ本願寺門徒《ほんがんじもんと》たることを許されてござる」

当時、伊賀国内の一向宗の滲透は、あまりはかばかしくない。が、他国、たとえば加賀、越中、能登、越前、三河、尾張、紀伊雑賀《さいか》、畿内一帯では、その勢力の伸展が激しい。

加賀にいたっては、一向一揆《いっき》が守護富樫《とがし》氏を滅し、

〈近年は坊主、百姓の持ちたる国〉

になっている。

領主、国人たちは、門徒化した百姓が、横のつながりを背景に、武士に劣らぬ戦力をもつことを承知している。このうるさい相手と戦うより、むしろ妥協し、利用したほうが賢明であろう。そこで、領主、国人のうち、自らが門徒になることによって、その組織、力を利用しようというものが現れる。越前の朝倉《あさくら》氏は、曹洞宗宏智派《そうとうしゅうわんしは》の大檀越《だいだんおつ》であったにもかかわらず、自領の三郡を代償にしてまで、門徒になりたいと乞うているく

らいである。

本願寺では、一般百姓の門徒化にさいしては、ただ信心発起すれば喜んで迎えたが、国人、諸豪以上になると真意が信心にあるのか、利用にあるのか、よく確かめてのち、はじめて許可する。許されれば、国人は起請文《きしょうもん》をもって本願寺に忠節を誓い、礼物や志納金《しのうきん》を贈る。もとより、門徒衆の往来の安全を護ってやらねばならない。

百地砦では、なにもまだ領内に一揆が起っているわけではないが、早くも門徒衆に眼をつけたようである。いわば門徒化のさきどりの恰好である。

百地砦は門徒化によって、領内の百姓を安心させることができ、いざというとき助勢、合力を得られるだろうし、東には海路を隔てて、尾張、三河の門徒衆があり、西には雑賀衆があり、雑賀衆はまた、摂河泉《せっかせん》の門徒とつながっている。

ことに、雑賀衆は水運に慣れ、鉄砲術に巧みである。鈴木孫一《すずきまごいち》、堀内大夫《ほりうちだゆう》、左近大夫《さこん》、宮本兵部《みやもとひょうぶ》などの諸豪は、自ら鉄砲を操作し、新式銃を集めることにも熱心であると聞く。

「利口だな、丹波どのは」

半蔵は静かにいった。

かれは、八右衛門が千賀地の里をうろついているのは、布教のためであろうと睨んでいる。

千賀地の百姓を門徒化し、思うまま操ることによって、戦うことなくわがものにしようと企んでいるのではないか。収納が減っているというのも、すでにその働きかけが及んでいるからではないか……

「ただし、利口すぎても、ろくなことはない。このあたりをうろつかないほうがいいだろう」

「心得申した」

八右衛門が畏《おそ》れ入ったようにうなづいた。

すると、ひだりがいまいましげに口を挟んだ。

「百地砦は久しく鳴りをひそめていたと思ったら、一向一揆ずれと組んでいたのか」

たんに蔑《さげす》む口ぶりになっている。どうやら八右衛門のうろついていた真意に、考えいたらぬようだ。

「なにせ、うちは年寄りが多うござれば、やむを得ぬ」

と、八右衛門はひだりに向き直った。

「若いお屋形さまのように、藤林と組むわけには参らぬゆえ」

「なんというた」

ひだりが色めいた。

「いや、噂でござる。しかも、芽出《めで》たい噂でござる」

半蔵とみほの話らしい。縁組み、というような噂になっているのであろうか。

「それ、見なされ」

ひだりは半蔵を睨んだ。

「さだめし道順の仕業であろうが、ふらちな噂でござる。お屋形も、よくよく気をつけなされ」

腹立ちまぎれとはいえ、どうも迷惑である。半蔵にはなにも気をつけねばならぬ覚えはない。

このとき、少年の一人が八右衛門を背後からだき抱えており、囲りに立つ者は短か刀を抜いて突きつけていた。ひだりの怒気を察して、とっさにとった動きだが、抱えている者には自身もろとも突かれようというけなげな気迫がある。

「やめないか」

半蔵は少年たちを制し、八右衛門に向っていった。

「年寄りを怒らせるものではない。ひだりが怒ると、怖ろしい」

別に笑いはしないが、戯れのつもりである。少年たちはすぐに退いている。

「なるほど、怖ろしゅうござる。が、噂というものはもっと怖ろしい。辞儀代わりと申してはおかしゅうござろうが」

八右衛門は害意のないことを示すため、うしろに手を組んだまま、ぬっと首だけ差し

延べ、

「加当段蔵、尾張の織田家に……」

と、口早やの忍声《にんじょう》でいった。ひだりや少年たちに解し得たかどうか。

〈それがどうした〉

半蔵は腹のなかでとっさにいい返した。が、八右衛門は言葉通り、辞儀代わりに告げたようだ。まさか、偽りではあるまい。

加当段蔵は下忍の身分であるが、幼なじみのみほを慕っているのは明らかであり、そのみほと半蔵の〝芽出たい〟噂が伝われば、いよいよ逆上するだろう。だから、むしろ進んで討ったらどうか、とすすめているようである。

段蔵が半蔵を狙っていることは、みほとの噂ほどではないにしても、かなりの興味をもって、伊賀衆の一部に囁かれているのかもしれぬ。

〈つまらぬことを聞かせてくれた〉

半蔵は袖をひるがえして去る八右衛門を、苦々しげに見送った。が、ひだりはなんら忖度《そんたく》することなく、

「こんど現れたら、討つ」

と、まだ憤っている。

二

数日ののち、少年たちが、またしても曲者を捕えてきた。

そいつは多少、少年たちに対し拒《あらが》ったらしく、顔や腕に疵を負っている。なかんずく、鼻の頭が青黒く腫《は》れ上っているのが目立った。

どちらか、といえば、滑稽な顔つきで、

「怪しい者ではない」

と、力んだ。

五十をいくらか越えたと思われる武士である。事実、怪しい者ではなさそうだ。

自ら名乗って、尾張織田家の武将滝川左近将監一益《たきがわさこんのしょうげんかずます》の身内の者という。姓は同じく滝川で名は源太夫《げんだゆう》。

滝川一益は元来、甲賀衆である。大原《おおはら》の生れで、伴四郎《ばんしろう》の末というが、この流れを俗に伴党と称んでいる。

「若い衆は活発で、なかなかよろしい。齢《とし》がいもなく暴れて見せようと思ったら、この始末じゃわ」

源太夫は血の滲《にじ》む鼻の頭を撫でながら、あらましつぎのようにいった。

織田家の当主である信長は、若くて烈しい気性の持主である。戦さに臨めば、戦略を無視して、自ら先頭に立って進む。それはそれで凜々《りり》しく、見事だが、その凜々しさを発揮させるためにも、囲りで隠密な策を立て、動いてやらねばならぬ。

もっぱら隠密策を練り、自らも駈け廻っているのは滝川一益だが、どうも手不足である。働いてくれそうな甲賀衆のほとんどは、以前から織田家と対立する六角家に属していて、応じてくれぬ。

ひそかに調べたところ、いま、伊賀甲賀を通じて、一番のできぶつは千賀地ノ半蔵である。若いが、すでに人にも怖れられる存在だと聞く。そこで、

「一つ、合力してもらえないか」

というのである。

「いったい、織田家にか、それとも滝川どのに、でござるか」

と、ひだりは問いかけ、そして自分で答えを出していた。

「ご存知でもござろうが、古来、忍びには仕えてはならぬ主人が二つ、ござる。一つは利巧者、これは自らの智恵のみを信ずるゆえ。いま一つは、気性烈しい者、これは自らの力を恃《たの》みすぎるゆえ。信長どのはどうやらこのなかにふくまれるようでござれば、働いても甲斐ないこと。また、われらが伴党の滝川どのに仕えるというのは、いかがなものか」

信長という男は、忍びの扱いを知らぬようだし、一益では格がない。要するに、断わるよりほかないというわけである。

「さればこそ、合力、でござる」

と、源太夫はいった。家来にするわけではないことを強調している。

「行ってみよう」

半蔵がぽつりといった。

「どちらにしても、同じことだ。しょせん、織田家のために働くことになる。その主人が働いて甲斐ない人だというが、甲斐ある仕事にするのが、忍びの道ではないか」

〝花伝〟によれば、

〈得たる上手にて、工夫あらん為手《して》ならば、また、目利かずの眼にも面白しと見るように、能をすべし〉

という。

忍びの名人上手ならば、忍び扱いの知らぬ主人にも、納得できるよう働くべきである、と解釈することができる。

「お屋形がさよう思うなら」

ひだりはそれ以上、逆らわない。

半蔵はしかし、内心で不透明なこだわりを感じていた。

〈加当段蔵が織田家に〉

八右衛門から聞いていなかったら、果たして織田家に行ってみる気になったか、どうか。

だいたい、半蔵には段蔵を進んで討とうという意思はない。が、気にかかっている。それは、自らの危難ということではなく、別のなにかである。

もしかしたら、段蔵という男を通じ、みほ、を想い浮べているのではないか。段蔵はいわば、

〈みほの投影〉

である。段蔵もまた、半蔵を〝みほの投影〟として、憎しみをつのらせているのではないか。そんな段蔵を、見届けておきたいという気持が、どこかで働いていそうだ。

そう思うと〝甲斐ある仕事にしたい〟という理屈めいた言葉が、急にそらぞらしいものになってくる。

それに、およそ忍びがこだわりを抱いた行動は、不吉であり、不穏である。が、それでもなお織田家へ赴かせるなにかが、半蔵の心を揺《ゆす》っている……

「承知してくれて、忝けない」

と、源太夫はありありと喜色を浮べた。

「仔細は将監より聞かれることとして、そのまえに、信長公に会ってみられるか」

「そのつもりでござる」

「して、いつ参られる」

「いま」

半蔵はもう立ち上っている。

「そのままで、か」

源太夫は半蔵のばさらの髪を見やった。筒袖に伊賀袴、それに刀が一本。

「ま、ようござろう。信長公もどだい、世に聞こえたかぶきたるお人だった。うまが合うかもしれぬ」

二人は連れ立って、〝ちがんど〟を出た。

伊賀の地を歩くあいだ、少年たちが見え隠れしてついてくるのがわかった。源太夫は気づいたか、どうか。

加太峠《かぶととうげ》にかかるころ、曇っていた空から、雨が降り出した。温い春雨である。すると、行手の木蔭から少年の一人がひょいと出て、黙って半蔵に笠を手渡した。

体ぜんたいが緊張している。大げさでなく、半蔵の身に触れる感激でおののいているようだ。半蔵ははにかむようにして、額に垂れる髪の間から、鳶色の瞳を輝かす。それがまた、少年たちにとってたまらぬ魅力であるらしい。

「行き届いたことでござるな」

源太夫は感に耐えたようにいう。

「なに、要らぬことでござるよ」

半蔵は笠の緒を締めながらも、素気ない。じつは照れ臭い。

〈どこまでついてくる気か〉

少年たちは峠を越えると姿を消したが、なおひそんでついてくる気配が察せられる。

「あのような若い衆が、織田家にもたんとおればよいのだが」

「もしかしたら、一人ぐらい」

と、半蔵は段蔵のあの眸子のきらめきを思い浮べながらいった。

「いや、一人、はいるのではござらぬか」

「はて」

源太夫は首を傾げた。

「おれば気づいているはず。それが、いかがされた」

「別に」

段蔵は潜んで仕えていると思われる。もし、八右衛門が偽りをいっていたのだとしても、

〈段蔵がいるかもしれぬ織田家へ赴く〉

それで構わぬと思っていた。

三

清洲《きよす》に着いたとき、夜がしらじらと明けてきた。雨も上っており、五条川《ごじょうがわ》がきらきら光って見えた。

清洲の城はもと斯波《しば》氏の築いたものだが、先年、斯波氏の内紛に乗じて、信長が那古《なご》屋《や》から兵を出し、ここに移っている。

「ちょうど、よいじぶんでござる。まもなく、信長公の朝駈けがはじまる」

源太夫が小手をかざしていった。その途中で、会わそうというのであろう。もっとも、そうでもしなければ、見ることはできまい。

「馬は毎朝でござるか」

「さよう」

「偉いものだ」

「馬だけではござらぬ。鉄砲をたしなまれる。橋本一巴《はしもといっぱ》という師匠までついてござる。弓も引かれる。鷹野《たかの》もお好きだ」

「偉いものだ」

半蔵は同じ言葉を繰り返した。鉄砲の音や弓弦《ゆづる》、鷹の羽搏《はばた》きが、いまにも響いてきそうな気がする。将軍家はもとより、いま都で権勢を張る三好党や諸大名衆と、かなり違う人物のようである。

「それだけではない。幸若舞《こうわかま》いも舞われる。ただし、小敦盛《こあつもり》の一曲ばかり。踊りもお好きだ。いつぞやは津島《つしま》でみなみなが踊った。信長公は天女になられたし、うちの将監は餓鬼《がき》の風体《ふうてい》になった。小唄も歌われる」

「小唄、でござるか」

「さよう。歌うて進ぜようか」

源太夫は小首を傾け、低く歌い出した。

――死のうは一定《いちじょう》、しのび草にはなにをしようぞ、一定語り遺すよの……

〈きた〉

半蔵は源太夫の唄声ではなく、かつかつと伝わる馬蹄《ばてい》の音を聞いていた。

やがて、河畔の朝もやをついて、片肌脱いだ茶筅髷《ちゃせんまげ》の男が、鞭《むち》を振って駈け抜けて行くのが見える。ずいぶん遅れて、二、三の郎党が道具を担いで追いかけて走る。道具は弓矢や鉄砲である。

「それ、ござった」

唄を半ばにして、源太夫が駈け出した。川の手前を、一散に上手に向う。織田家の家中の者は、信長の蹄《ひづめ》の音さえ聞けば、直ちに走り出すのが癖になっているのではないかとさえ怪しまれる。

「こちらから行けば、先に着く」

源太夫があえぎながらいった。朝駈けの通路を知っているらしい。

「遅れると、機嫌が悪いのだ。ご自分は馬に乗っているくせに」

けれども、半蔵は雨上りの道の上に、新しい足跡を見てとっていた。

「残念ながら、われらより先に行った者があるようでござる」

「どこに？」

半蔵は足跡を指さした。源太夫はうなづいた。

「なるほど、あいつかもしれぬ」

〈段蔵か〉

もしそうなら、源太夫をおいて走ってみてもいいと思った。が、違っていた。

「新参者の藤吉郎《とうきちろう》というやつでござろう。信長公が、さる、さる、と称んで重宝しているそうな」

淵に臨む繁みが切れると、背を丸めて一散走りに走る郎党の姿が見えた。床几《しょうぎ》を担いでいる。

「やっぱり、さるだ。一番、軽いものを担いでおるわ」

要領のいい男であろう。それにしても、走りようが奇態である。忍びのふうではないが、疾《はや》い。油断ならぬ過去をもった男だと思われる。

「ここらでようござろう」

源太夫が大息ついて、停った。川の流れが落合っている。文字通り、落合というあたりである。

「ここで、鉄砲や弓を扱われることがある」

松の木立のあちらに草原が拡がり、崖が切立っている。恰好の弓場のように見受けられる。

さるという男は、そこを通りすぎてなお走って行く。たぶん、信長を迎えて、すぐ尻にくっついてこようというのだろう。

陽が昇った。雨に濡れた新緑の輝きが美しい。

待つほどもなく、信長の馬が現れた。歩度がゆるくなっている。案の定、すぐ傍にさるがついていた。

源太夫と半蔵は、道の端に寄った。源太夫は平伏したが、半蔵は立ったまま頭を垂れていた。

「ひかえられよ。かぶりものも……」

源太夫が伊賀袴の端を引っ張った。笠をとり、平伏しろといっているらしい。

「これ、ひかえろ」

別の声がした。ずいぶん大きく、よく透る声であった。さるであろう。が、半蔵は笠をかむったまま立っていた。

もう馬が近づいており、眼前で馬足が停った。

「源太夫」

疳高《かんだか》い信長の声がした。呼びかけたのは源太夫に対してだが、視線は半蔵に注がれていることがわかった。

〈くるな〉

半蔵は察しながら、動かないでいた。

いきなり、鞭が唸った。半蔵のかぶっていた笠が割れて散り、笠の台だけが残った。その下からばさらの髪が、朝風に揺れた。むしろ、ある爽快さが感じられた。

「何者だ？」

「されば」

源太夫が畏るおそるなにかいいかけようとした。

そのはなを、信長の鞭がもう一度、唸った。ただし、これはさるに対する合図のようであった。

さるは心得ていて、松木立のほうへ走った。そこで、ようやく追いついた郎党たちを指図して、毛皮を敷き、床几を据え、弓、鉄砲を並べはじめている。

「嚮談《きょうだん》だな」

信長が先にいった。間者のことである。その口ぶりからは、間者と察したため、さるを去らせたらしいことが窺われた。

「さようでござります」

源太夫がうろたえ気味に答えた。まさか、じかに言葉をかけるようになろうとは、思ってもいなかったに違いない。会わせる、といっても、よそながら信長の風姿に接するぐらいのつもりであったのだろう。

「面《つら》を上げろ」

半蔵はそろりそろりと顔を上げた。

黒い瞳がきらきら輝いて、見下ろしていた。色白で、優美な相貌である。それを半蔵の鳶色の眼眸《がんぼう》が見据えた。

「憎にくしげな面だ」

信長は吐き出すようにいった。が、憎んでいる表情ではなかった。

「なにができる?」

「なにも」

とりたてて人に見せるものはできない、と答えたつもりである。

「忠節の心は」

「ござらぬ」

「返答も憎にくしい」

と、信長は鞍の前輪を、鞭の柄でこつこつと打ち鳴らした。

「近く駿河の治部大輔《ちぶだゆう》と、やる。勝つ方法《すべ》でも考えておけ」

源太夫が、大きくうなづいた。

〈気に入られた〉

という思い入れである。

馬首が廻らされた。半蔵は源太夫に促されて、なんとなくその脇に従った。笠の台がまだ乗ったたままである。

「嚮談にも、いろいろある。忠義一途でなんでもできる、というやつがいる」

「定めし見事な男でござろう」

「あまりの見事さに、いま、黒丸《くろまる》になっている」

「黒丸、といわれたか」

標的、である。その奇妙な言いざまに、半蔵はむらむらと不穏の気を感じた。

信長はすでに馬を下りている。据えられた床几に腰を下ろし、さるから受けとった弓の鳴弦《めいげん》をはじめた。

ふいに、向うのさながらあづちのように見える崖の前の盛り土に、黒い人影が動いた。

通常、弓場のあづちの側には、矢が的中したかどうかを告《し》らす的申《まともうし》や、的中に矢が当らぬよう防ぎ板を持ってひかえる矢防《やふせぎ》や、矢取《やとり》などがいる。が、動いた人影は、ただの一人であった。

黒装束に薄い頭巾。

〈段蔵だ〉

半蔵はようやく気がついた。

忠節を誓い、なんでもできると豪語した男が段蔵であり、標的そのものになっている。その距《へだた》りは三十間《けん》に充たない。それにもかかわらず、半蔵の鋭い察気をさえぎって、段蔵が現れた。

〈これは〉

半蔵は妖しいおののきを、どう押えようもなかった。

信長が床几を立った。なん歩か進み、矢をつがえて打ち起こした。黒丸になり切った段蔵は、ひたと動かない。

郎党たちは、普通のことが普通に行われているとしか思っておらぬようで、たんに当るか当らないかの興味で眺めているふうである。さるだけが、いくぶん眉をひそめていた。

矢が、離れた。鋭い弓勢であった。

〈当った〉

たしかに、矢が段蔵の体を射抜いたように見えた。が、段蔵はひそとも動かなかった。矢が崖肌に、ふつ、と突き刺ったにすぎない。

二ノ矢も、同然であった。

「惜しゅうございますな」

さるが眉をひそめたまま、しかし明るい声でこう追従をいった。

続いて、なん本かがいたずらに崖肌に刺った。

「惜しい」

ほかならぬ信長自身も、つぶやいた。

〈ことごとく、段蔵の体を突き抜けているのが、わからないのか〉

半蔵はいい知れぬ不安を感じた。

この間に、郎党の一人が火縄に火を点けていた。弓に続いて鉄砲を撃とうというのである。

信長は弓を投げ捨て、代わって鉄砲を執《と》った。このとき段蔵は、黒丸の描かれた的板を手にした。

が、これはほんの気休めのようなものであった。的板をもってみたところで、筒先は自由に段蔵自身を狙うことができるし、的を狙ったとしても、すぐ側の段蔵に外《そ》れて当ることもある。

要するに、標的がいくぶん長い板切れの部分だけ拡がったにすぎない。だから、気休めは眺めているほうの気休めということになる。

信長は目当《めあて》（照準）を見定めたようだ。鉄砲は足軽《あしがる》風情《ふぜい》の操るものであって、大将には無用とされていたが、その仕草は手慣れている。

段蔵はほらりと立っており、郎党たちもまた、さして奇異と思っていない。弓の場合となんら変りない。

筒音が響いた。崖からこだまが返ってきた。それだけである。

段蔵は立ったまま動かない。

「惜しゅうございますな」

また、さるがいった。いい慣れた口調である。この男は、毎日、同じ光景を見、同じせりふを繰り返しているのではあるまいか。

続いて二発、三発、鉄砲をとり替えての発撃も、同じ結果に終った。

半蔵はふと、ある妖異に思い当った。

〈影が〉

ちょうど、朝陽が段蔵を正面から照らす恰好になっている。が、その背後にも、横にも、あるべきその〝影〟が映っていないように見えるのだ。

〈幻術、というものか〉

半蔵は眼をこらした。その視界一面の草原を、おりから陽炎がゆらめき渡った。どうも、しかと見定めがたい。

「ご帰館だ」

さるの大声が、唐突に聞こえた。信長はもう、片袖を入れて馬に乗っている。そして、一鞭。

馬が駈け出すと、郎党たちはふたたび道具を担いで走った。まったく、一顧も与えずに、である。

「先に参られるよう」

半蔵は源太夫にいった。ただし、前方を見つめたままである。

「さようか」

不分明な気ぶりは、源太夫にも伝わったのかもわからない。

「しかと、おいでを待ち申す」

こういって、源太夫も小走りで信長のあとを追った。

なおじっと、半蔵は立っていた。陽炎の拡がる野に、笠の台だけ頭に乗せて佇立《ちょりつ》する姿は、少しも、珍妙ではなく、やはり不気味といわねばならなかっただろう。

段蔵と覚しい影は、盛り土の箇処をぐるりと廻って、蔭に隠れた。それから思いもかけぬ右方の松林から、突然、陽炎のゆらめきの上を翔《か》け出してきた。

見るまに近づくその影自体、暈気《うんき》に隈《くま》どられていた。半蔵は少し、眩《めま》いを感じた。

「はんぞう」

声がかかった。まだ、五、六間の距りがあると思う。

そこで、段蔵の顔が、頭巾のなかで嗤《わら》ったようである。眼の青い焔だけがむかしのままであり、相貌は樺色《かばいろ》に沈んで、別人の感があった。それは、

〈狼面《ろうめん》〉

というものによく似ていた。

同時に、刃がきらめいた。なぜか、ゆっくりと大仰な所作である。

半蔵はしかし、見据えながらも、その所作につれて動き出そうとはしなかった。声も出さなかった。一瞬のことだが、

〈相討ち〉

しかない、と判断した。

以前、柳生新右衛門宗厳が半蔵と立合って操った兵法の一法である。いま、半蔵が操る立場にある。

そのためには、相手の所作ではなく、気合や掛声を聞きただすことによって、〝機〟を摑まねばならない。

〝花伝〟によれば、

〈風情を博士《はかせ》にて音曲をする為手《して》は、初心の所なり。音曲より働きの生ずるは、劫《こう》入りたる故《ゆえ》なり〉

といい、それゆえに、

〈音曲は体なり、風情は用《ゆう》なり。しかれば、音曲より働きの生ずるは、順なり〉

という。

その順の姿勢を、ごく自然に採っている。これはまた幻術のめくらましを防ぐ術でもあっただろう。

「は、は、はんぞう！」

刃のきらめきとともに、眼前で気合が洩れた。はじめて、半蔵が抜き合わせた。

黒い影と半蔵が、陽炎ゆらめく野を、凄じい勢いで駈け違った。

振り返ると、ずっと遠くに段蔵の姿がこちらを向いて立っていた。いまになって、耳元で妖しい刃音の唸りがよみがえった。

「つぎに会うたら、必ず、討つ」

こんな言葉が嗤い声とともに、風に乗って伝わった。そして、消えた。

不覚にも、半蔵は全身、薄っすらと汗を滲ませていた。笠の台が斬られて吹き飛んでいることに、まだ気がつかない。

一期《いちご》の境《さかい》

一

今川《いまがわ》治部大輔義元《よしもと》の上洛《じょうらく》の志は、久しい。有力戦国武将がみな心に抱いたように、天皇と将軍を擁して、天下を統一すること、である。

義元には、大いにその自信があったようだ。まず、足利将軍家一門という血筋がある。将軍家に嗣子《しし》のないときは、三河の吉良《きら》氏の子が、吉良氏に子のないときは、今川氏の子が、入って将軍家を嗣ぐ、といった家柄である。

地の利も得ていた。京に近い。たとえば、越後の上杉氏、甲斐の武田氏と較べればよくわかる。

義元はしかし、慌てない。武田氏とは信玄の姉をめとり、信玄の子義信《よしのぶ》には自分の娘をめあわせるという間柄である。また、小田原の北条氏とも和を結んでいる。さらに判然と今川、武田、北条三氏の協和を成立させ、後顧《こうこ》の憂《うれ》いを断った。

あとは行く手の織田氏だが、たかが尾張半国の小大名である。駿、遠、参併せて百万石以上の今川氏に較べて、二十万石にも充たないだろう。

すでに、両者の接触地帯には、沓掛《くつかけ》、大高《おおだか》、鳴海《なるみ》などの拠点を築いて、くさびも打ってある。ひとたび、大軍をもよおして進めば、織田氏など一気にひねり潰すことができるだろう……

これに対して、織田方でも防備怠《おこた》りない。今川方のくさび、大高城には鷲津《わしづ》、丸根《まるね》、鳴海城には丹下《たんげ》、善照寺《ぜんしょうじ》、中島《なかじま》など、それぞれ向い砦を築いて抵抗の気構えを示した。黒末川《くろすえがわ》の流れをはさんで、両者の武者たちの動きが、しだいに活発になってきている。

問題は、

〈いつ、義元が起つか〉

である。

このころ、海道一帯に雑芸人たちの往来がにわかに目立っていた。城下町でいえば、清洲、奈古屋《なごや》、岡崎、駿府《すんぷ》、小田原などである。

これらの町々を、かれらは群をなして漂泊し、気が向けば辻に立って、芸を売る。

駿府では、傀儡師、琵琶法師、弄丸《ろうがん》の手合いがいた。弄丸は八ツ玉のえびである。

夏の入日が、あかあかと築土を照らしていた。少将宮町《しょうしょうのみやまち》というあたりである。

見物人が少ない。子供がほとんどである。が、えびは入日に照らされて、身振りおもしろく、手玉をとる。子供が好きな性《たち》である。

えびは元来、手玉をとる技より、その身振り、表情に人気があった。両眼を寄せ、眉をひくつかせ、鼻の孔をふくらましたかと思うと、大口あいて長い舌を出す。ときに、耳たぶを動かして見せることもある。そのたびに、子供たちは声を上げ、笑い、喜ぶ。

ふと、その動いた耳たぶが止った。玉を一つ、高くほうり上げ、

「これで終りや」

きゅうに難しい顔つきになり、子供たちを追い払う仕草をした。玉はまだ落ちてこない。

子供たちが散ったあとに、暮露《ぼろ》（虚無僧《こむそう》）が一人、残った。半蔵である。

「あい変らず、巧いものだ。ただし、子供を騙す呼吸が」

半蔵はいいながら歩み寄る。玉がその掌に乗っている。

「商《あきな》いにならぬことだけが、巧い」

と、えびは玉を受けとって、袋に収った。

「ところで、どうだ？」

「どちらを聞きたい」

と、えびはいたずらっぽく笑った。笑いながらも、眼玉をうしろへやるように動かし

た。

「ここの大将は、もう岡崎で出陣の用意をしているそうな」

入日に照らされている築土のなかは、岡崎の松平《まつだいら》二郎三郎元康《もとやす》という者の屋敷である。

元康はまだ竹千代《たけちよ》といっていたころ、二年ばかり織田家へ行き、それから今川家へきた。人質である。父広忠《ひろただ》が亡くなったいま、なお駿府に留め置かれているが、もはや人質というには当らない。客将といった身分であろう。およそ、千石を給されていた。

「今川は尾張の先手に、必ず岡崎勢を使う。だから、岡崎勢が動けば、今川の上洛が近いということになる」

「近いのはわかっている」

「おれたちは忍びではない。が」

と、えびはまた笑った。

「布令《ふれい》は五月はじめ、出陣は七日ごろらしい。四万は集まるだろうという話だ」

「なるほど」

半蔵はうなづいた。かねて聞き知っている通りだと思う。なにも目新しい情報ではない。そんな気配をえび自身が察していた。

「おまえさまのほうが、よほどご存知のようだ。そこで、もう一つのことだが」

と、首から胸元に滲む汗を拭いていった。

「加当段蔵という男、だれも知らぬといっている」

「おかしい」

半蔵は天蓋《てんがい》のなかでつぶやいた。

あのとき以来、段蔵は織田家を去っている。〝黒丸〟役の小者だから、去ってもだれも怪しまないだろう。信長だけが、いくぶん興をそがれたことと思われる。

それにしても、あの一瞬の立合いに、半蔵は生れてはじめてといっていいくらいの畏怖を感じた。勝ち負けを判ずるなら、負けに近い。

が、段蔵のほうが去ったということは、かれもまた、勝った、ないし勝てる、とは思えなかったのではないか。たとえば、柳生新右衛門宗厳と抜き合って、負けぬまでも勝てるとは思えず、とりあえず退散したときの心持のように。

そして、わだかまりは拡がりこそすれ、消えたわけではない。今川との一戦をまえに、海道一帯を経廻《へまわ》っている、どこかに、

〈段蔵の消息を〉

という気がある。

「そいつ、ほんとうに幻戯《めくらまし》を遣うのかね」

えびが訊ねた。

「遣う。それも〝術〟になっている」

〈幻術〉

だといい直した。

「どちらにしても、同じようなものだわさ」

と、えびはことさら区分けしない。

だいたい、〝幻術〟は散楽にはじまる。

散楽はもと、ほかならぬ服部氏の原祖である秦氏が、シナからもたらしたものだが、随《ずい》朝以前にあっては、百戯《ひやくぎ》と称ばれていた。その内容は、俳優、歌舞、雑奏、雑戯、幻伎《げんぎ》であり、西域に起源するものをずいぶん含んでいる。

散楽の〝散〟は、正ないし実に対するものだから、あくまでも野人、庶民のための楽といえる。けれども、宮廷の宴楽のさいの娯楽として発達してきたようである。

たとえば、百戯の筆頭に、

〈魚竜曼延《ぎよりゆうまんえん》〉

というものが挙げられているが、後漢《ごかん》の蔡質《さいしつ》の〝漢儀《かんぎ》〟によれば、甚《はなは》だ奇怪である。

――元旦、天子《てんし》は徳陽殿《とくようでん》に出座、公卿《くぎよう》百官これに陪従《ばいじゆう》して朝賀が行われる。諸儀式が終ると、楽の音とともに、庭の西方から舎利《しやり》獣（仏骨）が現れ、戯を演じてから中央に進む。

突如、水が激しく噴き上がる。すると、舎利は比目魚（ひらめ）と化し、跳躍して水を噴くと霧になり、しばらくは天日を遮《さえぎ》る。その間に、たちまち八丈もの黄竜に変じ、水から出て遊戯するが、日光に肌がさんさんと光り輝く。

つぎに、二本の柱間に大縄が張られる。両方から伎女が現れ、縄の上を舞いながら歩む。縄の上で行き違っても、肩をすり合わすだけで傾きもしない。それから足踏みをしてうずくまり、そこで自分の皮膚をべろりと剝き、なまなましい剝き身の体を、斗桶《とおけ》の中へ入れて消えてしまう。

やがて、鐘磬《しょうけい》が鳴り〝魚竜曼延〟の楽が奏されて、戯が終る……

また、張衡《ちょうこう》の〝西京賦《さいきょうふ》〟によれば、平楽観《へいらくかん》（後漢明帝のとき、西門外に建てられた宮館）でつぎのような諸戯が行われている。

角抵《かくてい》（相撲《すもう》。音楽をともなう）
都盧尋撞《とろじんどう》（竿の上での軽業。都盧は西域の国名）
衝狭《てんつき》（矛《ほこ》をさした輪をくぐる）
胸突銛鋒（鋭利な鋒で胸を突き刺す）
跳丸劒《ちょうがんけん》（まりや劒を手玉にとる。弄丸）
僊倡戯（神山を背景に、忽然として人影が出現する）
画地成川（いながらにして山河を作る）

呑刀吐火（刀剱を呑み、火焔を吐く）
烏獲江鼎《こうてい》（重量上げ。烏獲は力士の名）
走索（綱渡り）
白象行孕（伎女が白象の仔に乳を含ませる）
雲霧杳冥（雲霧や陽炎など、天象を利用して消滅する）
などである。
西域伝来の幻伎には、〝史記・大宛列伝《だいえんれつでん》〟の索隠《さくいん》や〝後漢書・西南夷紀《せいなんいき》〟によれば、
自縛自解（体を縛り、関節を外して抜く）
植瓜種樹（種をまくと、たちまち成長し、瓜がなる）
屠人截馬（人や馬をばらばらに斬り放ち、もとに戻す。あるいは牛馬の頭を替える）
などがある。
さらに、神仙方術《しんせんほうじゅつ》が加わる。〝後漢書・方術列伝〟によれば、つぎのような方士《ほうし》がいたと伝えられる。
華陀（五禽の戯を創《はじ》めた。虎、鹿、熊、猿、鳥の五禽獣のように、身体を前後左右、自由に動かし、または四肢を引き延ばすことができた）
徐登・趙炳（流水を止め、枯樹に花を咲かせた）
費長房（護符をもって鬼神を使役した）

左慈（曹操《そうそう》のために銅盤のなかから、魚や草の実をとり出し、一升の酒をもって百官を酔わしめた。曹操が怪しみ怖れて殺そうとすると、壁中へ入り、また羊と化して羊群にまぎれて逃げた）

甘始（よく婦人を御し、小便を飲み、自ら倒懸《とうけん》して精気を吸うことができた）

これらの諸戯、幻伎、方術が、特別に練られ、発展していったものが〝幻術〟であろう。が、同じ散楽の流れを芸として売るえびやその仲間が、加当段蔵を知らぬという。

「おまえさまは、そいつを見つけたら、どうするつもりかね」

えびがいった。が、半蔵は黙っていた。半蔵自身にもわからない。

「だいたい、幻戯《めくらまし》なぞというものは、闘争の術ではない。術にしてはいけないもんだ。もし遣えば、それは邪悪ということになる。古来、おれたちの芸は、人の心を和《なご》ませ、長生きさせるためのものではないかね」

と、えびは神妙な顔つきになった。

猿楽能は散楽のうち、歌舞が昇華してでき上った芸だが、〝花伝〟によれば、

〈猿楽能を奏すれば、国おだやかに、民静かに、寿命長遠なり〉

という。

幻伎も雑戯も、同じ功徳《くどく》を招来すべきものであるとえびはいいたいらしい。

が、あのときの段蔵の呼吸は尋常ではなかった。烈しい刃音が、まだ耳朶《じだ》にこびりつ

いて離れない。

「もしかしたら、そいつの幻戯は、おれたちと無縁なのではないかね」

〈異種〉

かもしれぬという疑問である。

それなら、幻伎や方術でもない幻術とは、いったいどのようなものか。

段蔵は元来、伊賀に生れ、伊賀に棲んだ伊賀衆である。伊賀衆のもつ〝忍術〟もまた、散楽のうち、体伎を基本として発達したものである。その段蔵が、まったくないといえないが、幻術を自ら会得したとは考え難い。

たぶん、無縁の何者かに手ほどきを受けたものと思われる。

〈何者であろう〉

半蔵は散楽とは無縁であり、従って異種であり、そのゆえに邪悪であるに違いない遣い手の幻像を考えた。段蔵にこだわるのも、あるいはその幻像をつきとめ、幻術の根元を究めようとしているといえる。

「そうや」

えびがひょいといった。

「こんなことは、じいさまが知ってござるやもしれぬ」

かれらのいうじいさまとは、〝自然居士《じねんこじ》〟を指す。半蔵の先代、半三の陰殁《いんぼつ》した姿にほかならない。

「〝自然居士〟か」

半蔵は父であるじいさまを、呼び捨てにした。

「いま、どこに？」

「どこになにをしてござるやら、だれも知らぬ。風のようなお人だ」

このとき、武者が一騎、砂埃《すなぼこり》を蹴立ててやってきた。二人に、

「どけ、どけ」

と叫びながら、松平元康の留守屋敷に駈け入って行く。動きがあわただしくなったらしい。

「おまえさまの出番が近づいたようだ」

と、えびは笑いかけた。

二

五月十日にいたり、今川勢の先手が出立、一日おいて十二日、いよいよ今川義元の本軍が駿府を発った。総勢四万五千と号した。

その日、藤枝《ふじえだ》に着き、翌十三日に掛川《かけがわ》、十四日に浜松、十五日に吉田へ着き、十六日

には岡崎、十七日には地鯉鮒《ちりゆう》に陣を布いている。ゆっくりと、そして着実な進軍である。

五条河畔の須賀口《すがぐち》に、ぽつりと建った傀儡師の小屋に、半蔵はいた。

腕組みしたまま、木片を枕に寝転んでいた。ばさらの髪の乱れをなぶろうともせず、破れた小屋の屋根から、宵空に輝く星のきらめきを眺めている。

小屋の内外に、雑芸人や〝ちがんど〟の少年たち。

「だれかくる」

少年の一人が立ち上った。

「源太夫どのだろう」

半蔵は河原石を踏む音に耳を傾けながら、ゆっくりと半身を起した。

果たして、源太夫が一人の武将を案内してやってきた。武将は滝川一益である。

少年たちは、心得てその座を外した。

「ほとほと、困じ果てた」

一益は黒々とした髯を撫でながら、いきなりこういって、その場にどっかと坐った。やけくそ気味の坐りようである。

「われらの策を、信長公《たいしよう》は取上げにならぬ。そうかといって、なにも命じにもならぬ。いったい、なにを考えてござるやら」

迫りつつある大軍をまえにして、連日の軍議に疲れ果てたらしい。

「策とは、籠城の策、でござろう」

と半蔵がいった。

「もとより」

「おれにはわかるような気がする」

「どういうことだ」

「信長公は、機を見て攻めようと思っているのでござろう」

「まさか」

一益は笑った。

「そこいらの小競合《こぜりあ》いではない。相手は四万以上。こちらはすべて寄せ集めて、五千。じっさい動けるのは、せいぜい三千ぐらいか。これで野合い（野戦）を仕掛けたら、敗けるに決っている」

「さよう、敗けるかもしれぬ。が、勝つかもしれぬ。籠城は敗けぬだろうが、勝つことはござるまい」

「それは理屈というものだ」

と、一益は苦々しげな顔つきをして、傍の源太夫を見返っていった。

「伊賀から兵略家を招こうとは思わなんだ」

源太夫はそれにならい、なんとなく眉根をひそめて恐縮した。半蔵には、そのさまがおかしかった。が、笑顔はない。

「おれも、兵略家になろうとは思わない。それゆえ、理屈を離れて、勝つかもしれぬと思う節がござる」

と、半蔵は少年の一人を呼んでいった。

「今川どのの容儀《ようぎ》はいかがか」

「赤地に錦の直垂《ひたたれ》、胸白の具足、八竜打ったる五枚兜をいただき、大左文字の太刀を佩いております。面上、置眉《おきまゆ》をなし、鉄漿《かね》をふくみ、薄化粧をほどこしております。なお、胴がら長きほう、足短かきほう。乗馬のおり、不都合に見えて、再三、落馬せらるるよし」

少年はすらすらといった。見たままの報告であり、かつ戦さに加わることがあれば、この大将を討ちとるべく、瞼に焼きつけておいてあるのだろう。

「置眉に鉄漿、薄化粧をして、馬に乗るたびにもんどり落ちるような男が、天下を統《す》べてよいものか」

「おまえ」

一益は少し、微笑んだ。

「信長公が気に入ったな」

「いかにも、小気味がようござる。ただし、親しく仕えたいとは思わぬ」

「なるほど」

一益はうなずいた。同感、といった気ぶりが窺える。織田家の心ある者は、みなそのように感じているのかもわからない。

「ところで、それならわれらに討って出る覚悟を示せばよさそうなものだ」

と、一益は半蔵をあたかも信長であるかのように睨んだ。

「たぶん、ひそかに〝一期《いちご》の境《さかい》〟を見極めようとしているのでござろう」

〝花伝〟年来稽古条々にあるように、

〈心中には願力を起し、一期の境ここなりと、生涯かけて、ことを行うべき覚悟を、じっと案じているのではないか。

「一期の境か。それは、いつ、どこであろうか」

一益はいうと、すかさず源太夫が図面を拡げた。

ほのかな星明かりが、ようやく鳴海、大高などの所在を示した。が、半蔵にはまったくそのような図面は不要であった。一、二度の往来で、あたりの地形を、ことごとくそらんじている。

「今川どのは、明日は沓掛か。沓掛から鎌倉街道をとって鳴海に入るか、それとも、田《でん》楽狭間《がくはざま》を経て大高に入り、それから鳴海に向うか、そのいずれかでござろう。じかに鳴海に向うとすれば、鎌倉街道は山間の小道でござれば、隊列の延び切ったところを、横合いから攻め掛けることができ申そう。また、大高に寄るとすれば、途中の田楽狭間が恰好の攻め場でござろうか」

「おまえ、そのいずれだと思う？」

一益は一と膝、進めた。

いましがた、兵略家として呼んだのではない、といっておきながら、いつのまにか、兵略に耳を傾ける態度になっている。

「はて、わかりませぬな。わからぬゆえ、信長公はただ黙って、敵の近づくのを待っているのでござろう」

「そうとすれば、われらの持分はどうなる？」

〈忍びやかな働きを、どこに求めたらいい〉

といっている。

「一挙にことを行うさい、とかく背後がなおざりになりがちなものでござる」

「不安はなにもない」

「なければよろしいが」

と、半蔵は図面の海辺の上を、指先で辿《たど》って見せた。

「尾張の一向門徒が、今川どのに心を寄せているのをご存知か。舟もずいぶん集められていると聞いている」

「河内二ノ江《かわちにえ》のくそ坊主どもだ」

「ご存知なのか。それならその手当てが肝要でござろう」

「下らん仕事だな」

「それが信長公の一挙を、手助けることになり申す」

「なにやら」

と、一益は立ち上っていった。

「おまえの指図を受けにきたようなものだ」

源太夫が忍び笑いを洩らした。つられて、一益も笑った。根が単純木強《ぼっきょう》な男なのであろう。

一益たちと入れ違うようにして、少年の一人が駈け込んできた。

「荷駄が動いています。どうやら、大高城のほう」

〈兵糧《ひょうろう》入れだな〉

と思う。

が、織田方の向い砦に囲まれ、くさびになって喰い込んでいる大高城に、兵糧を運び入れる今川方の意図がわからない。

大高を中継地にするつもりなのか、あるいは、ここに眼を向けさせておいて、じかに鳴海に入るつもりなのか。

「旗印は？」

「白地に黒の葵《あおい》」

〈松平元康〉

である。半蔵は黙って小屋を出た。夜空に星がきらめいている。風も快よい。その風を切って走り出す。

三

大高城を前面にして、黒く葵の紋を浮き出した白旗が七、八流、風になびいていた。
その後方に黒々と連なるのは、荷駄の隊列であろう。
〈どうする気だろう〉
半蔵は浜街道近くまで出て眺めていた。
鷲津、丸根といった織田方の向い砦が、大高城を扼《やく》すように、その北西を睨んでいる。
その間、七、八町。
もし、ゆるゆると荷駄が通ろうものなら、たちまち挟み討ちに会うだろう。しばらく、
隊列は考えあぐねたように静止していた。
〈ぐずぐずしていると、夜が明ける〉

半蔵は思った。兵糧運び入れの贔負《ひいき》するわけではない。少しでも早く、動きを見たかった。

ふと、黒ぐろとした影の一団が、うねるようにしてやってくるのを見た。

その一団はあまりに雑然としていた。たえずしゃべり合っているようだし、ときに笑い声さえ洩れた。いでたちもまちまちなら、足並みもばらばらである。

秘めやかでない一団の出現は、むしろ虚を衝かれた思いがする。のみならず、それらがかもすある〝匂い〟というものに、覚えがあった。

〈たぬきの二郎三郎か〉

その願人衆の一団に違いない。

半蔵はすかさず、その脇についた。このさい、半蔵の黒装束が役立った。歩くにつれて、乱雑な隊列のなかへ、やすやすと紛れ込むことができた。

たぬきは後尾のほうに、いた。目立たぬように、ひっそりと矮小な影を落している。なんとももののうげな足取りは変らない。

「やあ」

半蔵はこういって、並びかけた。

たぬきは別に驚きもせず、しかし、一見驚いたふうに眼をしばたたきながら、

「おんな気のない戦さ場だ。つまらん」

といった。それが久闊の会釈代わりのつもりかもわからない。

「なにをはじめるのだ？」

「今川方と織田方に分れたが」

と、たぬきは例によって、会話をはぐらかした。もっとも半蔵のほうでも、まともな返答を期待していない。

「しょせん、同じことさ」

なにが同じなのか、とっさに判断つかぬ。

「ここいらは、織田勢ばかりだぞ」

「味方のなかなら、だれでも通る」

気がつくと、一団は鷲津と丸根の砦の間をよぎっている。

両砦の軍勢がこの奇態な一団に眼をこらしているのがわかる。火縄がいくつも点けられたし、黒ぐろとした人数が、一団の歩みにつれて動いている。

が、まだ攻めかける気ぶりはない。もし討って出るとしたら、一団が大高城に入りかけたころだろう。

「こうしていると、おまえさんはどちらから見ても敵だな」

とたぬきがいった。その通りだと思う。

「わしも、そうだ。両方から狙われる」

たぬきがこういい終ったか、終らないうちに、大高城から一発、二発、鉄砲が放たれた。この奇態な一団に対してである。

「それ見ろ」

たぬきが笑った。

せっかく大高城に近寄りかけた一団が、慌てて遠ざかる。足並も乱れたまま、早くなった。だれが差配するというのでもなく、緩急が自在に動く。

〈どうするつもりか〉

半蔵はまた、小首を傾げた。どうもこの男と接していると、平生の研ぎすまされた勘が鈍る。鈍る、というより、ふっと神気の脈絡が絶えるようだ。

このままでは、危険な砦の間をたんに通り抜けたというにすぎない。

「ぼつぼつ、やるか」

たぬきがつぶやいた。

すると、一団が俄かに横に拡がった。そのまま右手の小丘に向って駈け出した。

〈寺部《てらべ》の砦〉

である。

想定される戦線より、ずっと距って入り込んでいる。人数も少ない。さして、影響を与える箇処とは思えない。

そこに向って、願人衆は攻めかかっていく。ほぼ、五十人。

矢玉が飛んできた。織田勢のうろたえた叫び声が聞こえる。すぐに火の手が上った。

願人衆はあまり闘わない。ひたすら火を放って廻る。井楼《せいろう》も燃え出した。

火の手を尻眼に、こんどは近くの梅ヶ坪《うめがつぼ》の砦に向う。ここは寺部よりさらに小さい。

半蔵はどちらかというと、不調法なたぬきの走りざまのあとに続いて走った。願人衆は大声でからかいながら、追い抜いて行く。

「どうも、駈けるのは苦手だ」

たぬきは夜眼にもくっきりと汗の玉を浮べ、吐息まじりにつぶやいた。もう小腹が波打っている。

〈駈けることどころか、なにもかも取得《とりえ》はないではないか〉

半蔵は思う。思いながらも、隠然とした力を張って、願人衆を動かしている不思議さを考える。

梅ヶ坪の勢は寺部に較べて、強硬であった。寺部の火の手を見て要慎したからであろう。

願人衆がなんども攻めかかって、なお木戸を破れずにいる。いくらか手負いも出ているようだ。

たぬきは手の指を噛んでいた。噛み切った爪を吐き出すたびに、なにかつぶやいている。いらだっているに違いないのだが、滑稽にしか見えない。

どのようなつもりであったろうか、半蔵はごく自然に木戸の横の土塁に向っていた。攻めあぐむ土塁を乗り越え、織田勢の三、四人を討ち、内部から木戸を開けていることに気づいた。自分でもよくわからない。

願人衆が声を上げて入り込み、もうあちらこちらに火を放っている。

たぬきの指を噛む仕草が止んだ。そうかといって、ことさら半蔵に辞儀をすることもない。半蔵もまた、なにごともなかったように、たぬきと並んで暁闇に上る火の手を眺めている。

そこへ、願人衆が馳せ戻ってきた。態勢をとり直した織田勢が攻めかかったようだ。

「きた、きた」

だれかが振り返って叫んだ。たんに通り抜けてきた鷲津、丸根の砦から、援軍を押し出してきた。むしろ、喜んでいる。

〈なるほど〉

半蔵はうなづいた。たぬきは要するに、鷲津、丸根の勢を動かしたかったのだ。

そのたぬきは、もう願人衆とともに、一散に逃げ出している。またしてもとり残される恰好になったが、矮小な手足を振りふり走っている。

浜街道に出た。さきほどまで静止していた黒い葵紋の白旗は、悠々と鷲津、丸根の間を通り、大高城に向っている。もとより、荷駄の列が続いている。

「うまくいった」

たぬきが白々明けのなかで、つぶやいた。指の先から、血がしたたっている。爪もろとも、肉を嚙み切ったらしい。

「今川どのは大高城へ入るつもりなのか」

さりげなく、半蔵は訊ねた。

「わしは、松平の小倅が兵糧入れに成功すれば、それでよい」

今川勢の動きなど、知るものか、といっている。たぬきはしかし、独り言のようにしてつけ加えた。

「公卿の風儀になじんだ男というものは、おのれの得たところを、いちいち踏んで行かぬと、安心しないものだ」

そうとすれば、今川義元は沓掛から直接、鳴海に行かず、やはり田楽狭間を経て大高に入り、それから鳴海に向うことになるだろう。

じじつ、この日、大高に廻る策が立てられ、織田方の向い砦である丸根には松平元康、鷲津には朝《あさ》比《ひ》奈《な》泰能《やすよし》が攻撃を受けもつことになっていた。

「夜が明ける」

たぬきが眩しそうにして、日の出まえの暁雲を眺めた。その眼元は、夜行性の獣さながらにおどおどして見えた。

そんなたぬきの眼が、半蔵ににやりと笑いかけた。いつ、どこで会っても、他意なく入り込めそうな顔つきである。が、その芯を探ることはたぶん、容易でないだろう。そのまま、願人衆たちと駈け去って行く。ふたたび、振り返ることもなかった。

四

その夜は妙にむし暑かった。

半蔵は一人、須賀口《すかぐち》の河原で、体を拭っていた。水は戦気に関係なく、冷く、輝いて流れていく。

「ここか」

源太夫が小走りに駈けてきていった。

「小屋にはだれもおらぬが」

「もうなにもすることがない」

と、半蔵は手拭いを絞った。

「信長公《たいしょう》と同じことをいっている」

この夜、清洲の城では最後の軍議が開かれたが、信長は世間話に興じ、さっさと寝入ってしまったという。

〈運の末には知恵の鏡も曇る〉

こういってはかなんだ者もいたそうだ。

「どちらへ行っても、とりつくしまもない」

源太夫は愚痴っぽい。一益にいわれて、半蔵の考えを、もう一度、訊きにきたのだろう。

「おれは兵略家ではない。が、おぼろげながら〝運〟を図ることなら、わかる。あとは推移を眺めるだけだ」

「われらはどうすればよい」

「いつでも出陣できるよう、備えておくことぐらいか」

「その用意なら、怠りない」

源太夫は怒った口ぶりでいった。さすがに、気が立っているようだ。

「おまえさんはどうする？」

「ここを引上げる」

半蔵は歩き出した。歩きながら、頭巾の緒を締めると、もうあとも見ない。〝推移〟を眺めに行くのである。源太夫の頼りなげな影が、ぽつりと河原に残された。

半蔵はゆっくりと黒末川を渡り、丸根、鷲津、大高など、両軍の砦が錯綜する箇処に現れた。もう未明に近い。

軍勢がしきりに動いている。丸根には、いったん大高城を出た松平元康の勢がとりかかっている。

〈二千あまりもいるか〉

半蔵は今暁、眺めた葵紋の旗幟《きし》を、ふたたび認めた。小高い丘の上の丸根砦を守るのは、佐久間大学《さくまだいがく》以下、およそ七百。

銃声と喚声が、未明の朝もやを衝いて起った。朝風にもやが吹き払われるたびに、押し、押し返される戦いが望見される。

どうやら、砦方の奮闘がめざましい。むしろ、木戸を開いて討って出ているようだ。なんども、寄せ手の松平勢が押し戻されている。名のある士が、続けさまになん人も斃《たお》れたらしい。

〈たぬきだな〉

半蔵は木立を背に、指先を噛みながらなにかつぶやいている矮小な影を見た。生意気に具足を着けている、と思った。

葵紋の旗印が、木立のなかに見える。松平勢の前面であろう。

「二郎三郎、また会うたな」

半蔵は呼びかけた。

きょろりとした眼が振り返った。なお、口から指先を離さない。いらだちを示す癖らしい。

「敵は必死だ。遠巻きにせにゃ」

だれにともなく、いった。いくぶんどもりがちな口ぶりも、あのたぬきのものであった。

半蔵は歩み寄った。突然、いくつかの黒い影が群らがり出た。

忍びやかな殺気がある。願人衆の雑然としたうごめきではなかった。半蔵は反射的に、身構えた。身構えながら、ある同質の匂いを嗅いだ。

「半蔵、ではないか」

眼前の草叢から、ひょいと立ち上った影が、頭巾のなかからいった。

聞き覚えがある、といったら嘘になる。が、はじめて聞く声音というには、あまりに身近であった。

「おれは、服部源兵衛《げんべえ》」

そいつは、口早やの忍声でいった。

源兵衛は半三の二男で、保正《やすまさ》。半蔵には次兄に当る。

囲りを取巻く影たち、源兵衛の輩下であろうが、いっこうに要慎をゆるめない。半蔵もまた、油断なく身構えながら、しかし、ある途惑いを感じていた。

かつて抱いたことのない肉親の情というものに、どう対応していいか、よくわからない。

「兄者は、三河高橋《たかはし》の戦いで死んだ」

源兵衛はこう告げた。高橋の戦さは、一、二ヶ月まえ、松平元康の加わったものである。長兄の保俊《やすとし》はそこで命を落したらしい。この見たこともない兄に対し、当然ながらさほどの感慨は、ない。

「いったい、なにしにきたのだ」

源兵衛が改めて訊ねた。

〈そちらこそ、なにをしている〉

と半蔵は思う。源兵衛たちは、明らかにたぬきを警固する構えである。

「そこにおわすは、松平二郎三郎元康さま」

〈これが〉

半蔵は一瞬だが、おおいがたい昏迷に陥った。

不覚を自ら責める余裕は、まだない。ありようは、たぶらかされて茫然自失の姿である。そして、たぶらかしたのは、たぬきであっても、松平元康であっても、このさい同じことのように思える。

「まさか、殿を討ちにきたのではあるまい」

と、源兵衛はいった。元康を、殿、と呼んでいる。仕官しているらしい。

半蔵は少し、慌てた。

「たぬき……」

だとばかり思っていた、と続けるつもりであった。が、たぬきということ自体、無意味であり、不当だと思われ、口ごもった。

すかさず、源兵衛がその言葉尻を捉えた。

「つまらぬことをよく知っている。それは、家中の一部でささやかれている殿の仇名《あだな》ではないか」

と頭巾のなかの眼が笑った。

すでに、元康の馬廻《うままわ》りの士が、旗印とともに、たぬきといささかも異ならぬその矮小、小肥りの姿の囲りに集っていた。それらにさえぎられて、改めて見直すことはできない。

もっとも、見直すまでもなく、印象はたぬきそのものであった。

元康は、忍耐強く、地味な男であろうか。また、いくぶんずるくて、猥雑で、女色を好む性であろうか。それでいて、命を捧げて悔いぬ家来を惹きつけるなにかを備えているのであろうか。要するに、得体の知れぬ男なのであろうか……

「風采《ふうさい》はあがらぬが、なかなか味のある男だ」

源兵衛は半蔵を木立のほうへ、つまり、元康から距ったほうへ誘いながらいった。ようやく、黒い影たちの警戒もゆるんだようである。

「そのように聞いている」

と半蔵は答えた。

別に、よく耳にしているわけではなかった。たぬきの印象からの判断である。なぜか、大方は間違っていないような気がする。

「で、そなたは織田方へ合力でござるか」

きゅうに、源兵衛の言葉が改まった。のみならず片膝をついてもいた。

「さよう」

半蔵は囲りを見廻した。黒い影たちも、一様にうずくまって、片手をついていた。

「もし、たっての望みなら、なにもそなたの手をわずらわすこともござらぬ。われらの手で殿を、殺《や》る。千賀地屋形の命には、逆らうわけに参らぬゆえ」

長幼を越えて、半蔵を千賀地のお屋形と仰いでいる気ぶりが窺える。ここにいるのは、千賀地の一党ばかりだから本心を明かす、というふうである。

〈困った〉

半蔵は両様の意味で困惑した。兄者一党を従える立場と、まったくその気のない元康討ちと。

「元康どのは興味ある人物。もっと長く見極めたいと思う」

半蔵はいいながら、元康ではなく、あのたぬきを想い浮べていた。

「それなら、われらも安心」

と、源兵衛はうなづいていった。

「だいたい、このたびの戦さは、今川が勝とうが、織田が勝とうが、どうでもようござる。松平家が伸びればよろしい。また、必ず伸び得る一遇の機会でござろう」

〈どちらへつこうが、しょせん同じこと〉

こういったたぬきの言葉が、その意味で納得できる。

「われらには、主人が二人、できたようなものでござる。そういえば、そなた、天文十一年寅歳の生れでござったな。殿も同年でござる」

〈たぬきも、天文十一年生れだといっていた〉

そう思うと、たぬき、元康の一体化した影像に、またしてもおおいがたい昏迷が襲う。

「砦のなかへ乗り込めい」

元康の大音声《だいおんじょう》が聞こえた。たぬきも思いがけぬ大音を出す。

「では」

源兵衛は立ち上った。砦をうって出た佐久間の士が、円陣を作って奮戦している。乗り込むならいまだろう。

源兵衛たちは走り去った。旗印をなびかせた元康の本陣も、前進しはじめた。

夜明けの微光のなかで、元康がふっと振り返って、立ち尽している半蔵を不思議そうに眺めた。遠くからだが、たぬきのいつものとぼけた眼差しと、いささかも違いはなかった。

五

陽が昇った。ぎらぎらと野山に照り、きょうの暑さを偲《しの》ばせる。

すでに丸根が落ち、続いて鷲津が落ちた。松平元康の勢はふたたび、大高城に入った。

やがて、威武堂々と姿を見せるであろう今川義元の本陣と合流すべく、待ち受けている。

半蔵は義元が沓掛を発って、田楽狭間に向うのを見届けてから、鎌倉街道の北の間道を西に走った。

〈たぶん、信長勢に出会うだろう〉

という予想である。

信長が攻撃するなら奇襲であろうし、奇襲ならこの道をとるほかはない。だいいち、浜手《はまて》は満潮時だから、軍勢を通しにくい。

善照寺のあたりで、ようやく織田勢を認めた。このとき信長は、鳴海に攻めかけ、しかも退けられるという不首尾に、少なからずいらだっていたようだ。

そのまま南下して、中島砦を攻めようと思ったらしく、馬首を黒末川に向けていた。鳴海に遣った勢や、善照寺に残す人数を除くと、二千に充たない。

無謀、である。どころか、一挙にことを遂げるにはあまりにほど遠い。義元自身、田楽狭間に着いているころではないか。

「何者？」

左右から摑みかかる者どもをあしらいながら、半蔵は信長の馬前に、ぬっくりと立った。

馬上から信長が睨み下ろしていたし、半蔵も鳶色の眸子をきらめかして見上げていた。ほんの数呼吸の間だが、ぽっかりと静寂の気が拡がった。

〈いつぞやの嚮談〉

烈しい信長の眼の色だが、すぐに悟ったようである。半蔵の長い猿臂《えんぴ》が、ゆるりと東の山手の道を指した。

「下郎めが」

信長は舌打ちまじりにつぶやいた。が、その怒気とはうらはらに、もう半蔵の指す手のほうへ、馬首を廻らしていた。

信長勢は山間の道をとって、相原《あいはら》を経て細根の山合いから太子ケ根《たいしがね》の丘に出た。そこから真下に田楽狭間がある。

木立の繁みから、また半蔵が出た。両手を上げて制している。

「下郎めが」

信長は同じ口調でののしった。が、馬を止め、いったん鞍《くら》の上で横乗りになり、前輪《まえわ》と後輪《しずわ》に手をかけ、鼻歌を唄いはじめていた。

――死のうは一定、しのび草には何をしようぞ……

眼はつむられていた。囲りの者たちは、息をひそめ、低く流れる信長の鼻歌を聞いている。

その間、田楽狭間では義元の本陣が休息をとっていた。丸根、鷲津の捷報《しょうほう》がくる。主だった敵将の首が届く。首実検《くびじっけん》がはじまる。

そこへ、近在の神社、寺院、庄屋たちが、勝ち戦さを祝って、酒肴を運んできた。祝意とともに、それぞれの安堵を願うのである。

義元は上機嫌であった。

〈都へ近づくにつれ、祝勝の連中が増えることだろう〉

こう思っていたに違いない。

それにしても、酒肴を運び込む者が多すぎた。あとからあとからとひきも切らぬ。本陣の幕の内へではなく、直接、諸手に分れた武将のもとへも運ばれる有様である。いっときの休息がほとんど酒盛りのようになった。

酒肴を運ぶなかに、えびやその仲間がいた。伊賀の少年たちもいた。かれらは、地《じ》の百姓が精一杯、着飾ったといったいでたちで現れ、すでに酔いの廻った兵士に乞われるまま、手振りおかしく、唄い、踊った。

雷鳴が一つ、二つ。

みるまに、黒雲が空をおおった。強風が横なぐりに吹いてきた。桐紋の幔幕《まんまく》が風をはらんで揺れた。

大粒の雨が木の葉を叩いたとみると、やがて轟々《ごうごう》と雨風が唸り出した。

義元はじめ、同勢は木蔭や山ふところに散った。えびたちもおどけた仕草で、ちりぢりに逃げ去った。田楽狭間には、吹き飛んだ幔幕と、烈しい水煙りのほか、なにもない。

もとより、雷雨は太子ヶ根の織田勢の頭上にも襲った。稲妻の青白いきらめきに、なお小唄を歌い続ける信長の横顔と、馬首を押える半蔵の姿を、ときおり浮び上らせる。

頭巾の下で、充分に雨水を吸った半蔵のばさら髪が、重たげに傾いていた。

「火縄を消すな」

触れ廻る声が、かすかに聞こえるほか、一様に眼をこらし、雨滴をしたたらせながら、ひそとも動かない。

唐突に、雨足が鈍くなった。雨の空が少し明るい。

〈一期の境〉

半蔵は肚《はら》のなかでつぶやき、しかし、さりげなく馬首から離れた。

小唄が止んだ。信長は力み返るようにして、鞍にまたがり直した。それから雨を含んだ山気を裂いて、鞭が鳴った。

〈すんだ〉

半蔵はどっと駈け下りて行く織田勢を見送っていた。

木々の緑が、もう鮮かな輝きをとり戻した。その雨上りの太子ヶ根の上を、半蔵は反対の方向に下る。

木蔭や草叢から、えびやその仲間や、少年たちが現れ、たちまち一団になった。

「首尾をお見届けなさらぬのか」

少年の一人が遠慮がちに訊ねた。

「要らぬこと」

半蔵は答えた。

ことの結果は、忍びにとって不要である、黒装束を着けているかぎり、〝表〟の喜怒哀楽を、そのまま感受してはならぬと思え……

が、少年たちはこれからはじまろうという田楽狭間の緊張と興奮のままでいる。

「闘いたいのか」

半蔵は少年たちを見廻した。返答こそしないが、充ち足りぬ表情はたしかにある。

「もし、闘いたいなら、急げ。機会はないでもない」

たちまち、少年たちの頬が、桜色に上気していくのがわかった。いわば〝裏〟の闘いへの期待である。

えびたちを残し、一同は走った。上野《うえの》街道から浜手へ出ると、熱田《あつた》の入江いっぱいに、くもの子を散らしたような舟の群が見えた。舟のなかで、具足や刀槍がきらめいている。

「あれが相手になるかもしれぬ」

半蔵は、はやくも遠浅のところから下り立って、上陸しかけている武者どもを指さした。

「何者でござろうやら」

「今川方に組する一隊。ただし、残念ながら時機を失したようだ。いまごろはたぶん、今川の大将は討たれているであろうに」

東西相呼応する策戦の難しさをいっている。そしてまた、ほんの半日、仕掛けが早かったなら、織田勢の進撃が成ったか、どうか。

熱田の港に、なん箇処からも火の手が上った。上陸した連中が火をつけて廻っているらしい。

「急げ」

半蔵は、はやる少年たちに声をかけた。

少年たちが、上陸した武者たちと渡り合うころになって、ようやく町のほうから守備の武者が現れた。滝川一益の一隊である。先頭に源太夫がいる。眼ざとく半蔵を見つけて寄ってきた。

「どうも、甲斐ない戦さだわ」

あたかも、それが半蔵のせいであるかのように叫んだ。大息をついている。

「相手はやはり、二ノ江のくそ坊主。それにうぐい浦の服部左京《さきょう》という一向徒の頭だ」

「服部左京」

〈聞かぬ名だ〉

が、半蔵には思い当る節がある。

〈山田ノ八右衛門ではないか〉

いましも、舟から浅瀬に下り立った男が、そのまま小波を浴びて、こちらを眺めていた。遠くからだが、口辺を歪めるのが見えた。笑ったようである。

「あれだ、うぐい浦の男というのは」

源太夫がいった。半蔵はろくに聞きもせず、浜辺を斜すに突っ切って、そいつのほうへ走った。

その間に、少年たちがいく組も武者と闘っていた。が、半蔵は声もかけず、もとより手助けもしない。まっすぐ、服部左京と名乗る八右衛門の前面に立つ。

「一向徒は重宝なものだ。南無阿弥陀仏《なむあみだぶつ》で、すぐに人数が集まる」

八右衛門が籠手脛当《こてすねあ》てだけを着けたいでたちで、腕組みをしていた。誇らしげであった。

「その六字の名号をそっくり、今川の大将のために称えたらどうだ」

「なに」

八右衛門が腕組みを解いた。

「もう、終っている。だから」

と、半蔵は少年たちの浜辺での奮戦を指さしていった。

「あれは若い衆の恰好な鍛錬になる」

「どうも、ほんとうのようだ」

八右衛門は首を振って、にやりと笑った。

「どうした、服部左京」

「逃げるともさ」

水しぶきが上った。いくらか流れて距っていた舟の上へ、八右衛門が飛び乗った。引き上げの声が響いた。そうでなくても、上陸した者どもは、少年たちや滝川の勢によって、さんざん蹴散らされていた。

さわやかに頬を染めた少年たちが寄ってきた。それぞれ、血潮を浴びている。疲れ果てたように、源太夫がやってきた。

「これで戦さは終りかね。甲斐ないことだ」

また不服げにつぶやいた。

むくろじ

一

半蔵はしばらくぶりで伊賀へ戻った。ちょうど、草木がもっとも勢いよく伸長する時季を留守にしていたことになる。

〝ちがんど〟のゆるやかな、小さな丘にも青葉の繁りが見えた。

〈暗い緑だ〉

半蔵はまず思った。

奔走した海道筋も、ここも夏の木々の緑に変りないだろう。が、駿、遠、参の道すじのあの明るさは、どうだ。

ことに、雨に濡れ輝いていた田楽狭間の緑は、鮮烈であった。定めし、天下を驚倒させるであろう襲撃を眼前に、織田信長という男の魂の躍動が、草木を燃え立たせたのではないか。

ひとり信長のせいだけではあるまい。織田勢の一人一人や松平元康といった諸豪や、討たれた今川義元にいたるまで、ある坩堝《るつぼ》のなかでたぎっているようだ。

その坩堝はたぶん、〝中世〟というものを灼熱し、溶解し、なにか新しいものを送り出すに違いないのだが、伊賀だけがその外にある。

〈偸安《とうあん》〉

であろう。そんな暗さの緑に見える。

けれども、緑は緑であった。すでに先駆けて戻っていた少年たちが、ゆるやかな門前の坂道の青葉の下に立ち並んでいた。晴れがましく、生き生きした眼の色である。口にこそ出さないが、祝い迎える姿である。

たしかに、味方した織田家が勝利を得たというだけで、凱旋《がいせん》、であろう。少年たち自らの喜びでもある。それらの面にだけ、明るい緑が映えているように思われる。

もとより、半蔵にはなんの表情もなかった。元来〝けむりの末〟には、功名も勇名もあってはならない。

その半蔵の無表情な顔がふと揺れた。

門口にひだりが出て立っている。この老巧者が少年たちに混って出迎えるのも妙なら、その表情も不思議である。いくぶん屈んだ背に、埋めるようにした顔がなにか渋っている。

への字に結んだ口は憤っているようだし、淡くかげった眸子はいまにも泣き出しそうで、めっきり皺の増えた頰のあたりは笑っているかのようである。こんな不思議なひだりの表情は見たことがない。

〈なにかあったか〉

いぶかる半蔵に、ひだりはほんの少し、首をねじって見せた。その先の軒下に、三人の少年たちがいる。なぜか、いずれも忍び装束を着けている。

厳密には、少年たち、とはいえなかった。まんなかのひそやかな人影は、他の少年と同じいでたちだが、明らかに〝女〟であった。

〈みほ〉

である。

〈なるほど〉

が、在るべからざる女人の存在に、ようやく気づいたということは、察気としてははなはだしい迂闊であろう。半蔵はしかし、

〈みほがいるな〉

と思ったにすぎない。

頭巾のなかから、あの黒耀《こくよう》の瞳を据えたまま、半蔵に会釈を送った。左右の少年たち

は、硬ばった面持ちで、微動だもせぬ。警固の役目らしい。その緊張のさまが可憐である。

半蔵も遠くから会釈を返し、屋形に入った。

「困った」

ひだりが追いかけるようにしていった。

「道順のやつが、連れてき申した。いかがしたものか」

「屋形の内は、おまえの差配ではないか」

好きなようにするがいい、と、半蔵は脛巾《はばき》をはたいた。

振り返りはしないが、ひだりのかつて見たことのない不思議な表情が、すぐ脇から覗き込んでいるのがわかる。よほど難渋のていである。

「それでよろしいのか」

ひだりはのこのことついてくる。

長い間、使われぬままであった部屋部屋が、一つづつ開かれている。掃除もゆき届いているようだ。半蔵の意思とは別個だが、それはそれで〝ちがんど〟の盛り返しを示すものであろう。

「坐られたら、どうだ」

ひだりが黒光りする板敷を叩いた。その広間は、代々のお屋形が、ことあるごとに多くの下忍衆を集めたところである。いつのまにか、半蔵もその座に坐るべき立場になっているらしい。

「こうか」

半蔵はずっと温める者もなかった円座の上に坐った。冷ややかな感触であった。

「かくまってくれといっている」

ひだりが主語抜きでいった。意識してみほの名を口にするのを避けている。

「どうした？」

「化物、でござる」

〈加当段蔵か〉

半蔵の鳶色の眸子が、きらめいた。

「化物は藤林砦の跡目を狙っている。入聟《いりむこ》を強要したようでござるわ。もし、聞き入れないときは、長門守を殺し、それから奪おうと……」

奪う、とはみほを奪う意であろう。かたくなに名を指さぬ。

「いったんは引き上げたものの、いつまた現れるか、わかったものではない。だから、人をつけてある。変が起きたら、藤林砦から〝走り〟がくるようにも図ってござる」

「一人か、化物は」

「さよう」

愚問であったと思う。もともと、（幻）術師は狷介《けんかい》孤独であり、術はまた孤立して成り立つ。

もし、徒党を組んでの強要なら、おのずから別個のできごといわねばなるまい。たとえば、〈自他の跡を望む輩あれば、親子兄弟によらず、同心成敗仕りそうろうこと〉という伊賀衆のおきてに関わることになる。

半蔵にとってあまり関心のない問題である。術師が術師であることによって、半蔵の神気は、動く。

が、ひだりはおきてにこだわっているようである。

「ずいぶんの不埒者《ふらちもの》でござる」

ひだりは古い伊賀衆の憤りを示し、

「さりとて」

「どうした？」

「あれをここへかくまう道理はない」

みほを呼ぶのに、ようやく思い当ったというように、あれ、といった。

「だから、好きなようにすればよい」

「おまえさまの留守ちゅうに、勝手なことができるものか。男と女の情けというものは、どこでどうなっているものやら、とかく怖ろしいものでござる」

「それだけか」

「見ていると、悪くはない」

と、ひだりは薄暗い上座の床を顎でしゃくって示した。

「あんな気のきいたふうなことをする」

立花《りっか》、というものであろう。竹筒にむくろじの花が活けてある。

緑の羽状の葉に、淡い緑の小花弁。

偶然かもわからないが、通常、女人を示す〝紅〟を、まったく避けようとしているかのようである。そんな極めてひそんだ活けようであった。

〈みほか〉

半蔵はそのむくろじを眺めることによって、はじめてみほという女人が、同じ屋形の内にいるのだという実感をもった。

「たぶん、心根は優しい仁でござろう。多少の鍛錬もつけているようだ。若い衆の当りもいい」

「よいことづくめではないか」

「だから、困った」

話がもとへ、戻った。

「それなら、置いてやればよい」

「どうせ、おまえさまはその気でござろう。わかっているから、警固の半ばは、おまえさまに向かわせている」

どうやら、みほの身辺についている少年たちは〝化物〟の襲来に備えるためばかりでなく、半蔵に対する警固だといっている。じじつ、少年たちには緊張の感があった。戯れ半分にしても、この老者の一徹さが窺える。

「その代わりに、おれが出て行く」

と半蔵はいった。ひだりは眼玉をむいた。

半蔵はなにも、この老者を困らせるためにいったのではない。本心、そのつもりでいる。

加当段蔵と立合い、できたら討つ。それだけでよい。あとは暗い緑のなかの沈潜を逃れて、もっと明るく、鮮かな緑の輝きを浴びたいと思う……

「すぐ、それをおっしゃる」

と、ひだりは狼狽かげんにいった。

「あれが藤林の娘だということを、お忘れでなければ、それでよい。だいたい、長門守がいかぬ。化物の一匹ぐらい、始末できぬとは情けない。もっとも、化物はおまえさまの留守を狙ってやってきたようだ。おまえさまが伊賀を留守にするということがいかぬ。いや、このたびは祝着《しゅうちゃく》でござった……」

ひだりはだいぶ、混乱している。

その間、半蔵は黙って、むくろじの花を見つめていた。淡い緑のその花を。

二

深更《しんこう》、〝走り〟がきた。

〝走り〟はしかし、たんにきたというにすぎなかった。そいつは、姿を見せるなり、突《つっ》支棒《かいぼう》を外した戸板のように、ゆっくり、いくぶん滑稽なゆらめきを示しながら倒れた。もとより、一言の口もきかない。意そのものは、それで充分、通ずる。

が、奇態な疵であった。首の付根から肩口にかけ、ざくろの実がはじけたようになって割れている。獣が噛み千切ったか、あるいは鈍い利器でしたたか打ちすえたか、ぐらいしか考えられぬ。

すでに、半蔵は装束を着けており、刀を背に負いながら、真剣な眼差しの少年たちにいった。

「くるな」

厳しい口調であった。従うのが当然という構えであった少年たちが、一瞬ひるんだ。

相手は、

それでも、少年たちは〝ちがんど〟の坂口まで、意気込んで出て見送った。そのなかに、みほのあの視線も覗いていた。が、半蔵は見向きもしなかった。

湯舟の藤林砦まで、三里余り。夜気を切って走る。

里に入って、脚がゆるんだ。行手にいくつもの黒い影。扼するように群がり出る。

〈要らぬ輩《やから》が〉

舌打ちしたい思いになる。

近在の諸小砦の人数である。音羽《おとわ》ノ城戸《きど》の一党、新堂小太郎《しんどうこたろう》の一党など。むろん、楯岡ノ道順らも出張っているだろう。

〈自他の跡を望む輩あれば、同心成敗のこと〉

によって固めている。

が、内心はわからない。〝化物〟の出現で、藤林砦に変事の起るのを、むしろ期待しているのではないか。かつて、半蔵が〝梅の木〟と称する稚児として乗り込み、藤林の勢威を墜したとき、かれらは咎めるどころか、横手を打って愉んでいたのではないか。

楯岡はもとより、音羽も新堂も、だいたいが藤林砦の系列に属する。

「何者」

「いずれへ」

誰何《すいか》しながら、とり巻く影どもの姿は、このさいずいぶん間の抜けた仕草に思えた。

「のけ」

半蔵は低く、いった。

その声に前面に立った者が慌てて退いた。闘う意志も見えぬ。なんとはないおきてに、なんとなく出てきているといった案配である。

腹立たしい。

駈け抜けたとたん、背後からいくつかの手裏剣が飛んだ。姑息《こそく》である。

それこそ要らぬことだと思いながらも、半蔵はうしろ足のまま、翔《か》け戻った。二、三の影の横面を張る。

「千賀地のお屋形だ」

気づいて駈けつけた道順が叫んだ。張り倒されて、起き上ろうとする影どもに、道順も二、三発。芝居じみている。

「粗忽《そこつ》でござった」

と、道順は半蔵に会釈していった。

「おまえさまも、気が立っている。なんせ、みほどのに関わることでござれば」

そして、すぐに飛び退いて笑った。半蔵のいらだちを、素早く察したらしい。

〈みほに関わること〉

本心からそう案じているのか、戯れ口なのか、わからない。〝同心成敗〟というが、おのれらは手をこまぬいていて、関わりある半蔵に〝化物〟に当らせる、というふうにも聞こえる。

喰えぬおやじである。

半蔵はふたたび、走り出す。そうやって、藤林砦に駈けつけるのは、ひたすら加当段蔵を求めてのことだが、結果として、〝同心成敗〟のおきてに、もっとも忠実に従っている。皮肉であった。

砦の丘が、ぼうと明るい。篝火が焚かれているようだ。

〈まずい〉

と思う。

〝化物〟の襲来に備えてあるのかもしれないが、相手は術師である。明暗の境に、術が生まれる。むしろ闇なら闇のままのほうがいい。

その篝りに照らされて、男が一人、半ば開いた扉にへばりついていた。

「おい」

声をかけても、動こうとはしなかった。眼は見開いたままである。

首から肩にかけて、あのざくろ割れ。血肉が糊《のり》のようになって扉に付着し、容易にそいつを倒そうとはしないのである。

門内に入ると、わが膝を抱え、まるまって転がっている屍体。膝の皿が微塵になって割れている。

〈骨法術〉

らしい。

拳術に似ているが、本質は違う。指頭を主に使う。膚の上からめりこませて、心肝を握り潰すこともできる。掌を利用して打てば、一瞬のかまいたちを生じて、骨肉をもぎとる。

そんな屍体が、歩むごとに増える。いずれも闘ったふうもない。幻気に当って、ぼんやりしているところを、思うさま、骨法術を揮われたようだ。

明らかに、加当段蔵の出現である。

〈遅かったか〉

半蔵は右手の木戸を進む。もし改まっていなければ、庭から書院に出ることができる。見知った道すじである。

以前のまま、鶏小屋がある。鶏はおびえすくんだのか、物音一つせぬ。

〈そもそも〉

と、半蔵は思う。長門守が田夫に身をやつし、鶏を追うなど韜晦《とうかい》のさまをとった姿勢がおかしい。忍家としても、また豪族の長《おさ》としても、いまの世に韜晦はまだまだふさわしくないのではないか……

その鶏小屋の蔭から、影が一人、這い出した。隠れ潜んでいたようである。

〈段蔵は〉

そいつがふるえる指先で、庭のほうを指した。満足に口もきけぬらしい。

〈まだ、いる〉

半蔵はうなづき、そいつにいった。

「篝りを消しておけ。〝化物〟を迎え撃つのに、灯りは無用」

「お屋形のいいつけでござった」

ようやく、そいつが口をきいた。

「段蔵のほうで、灯りをたずさえて参った」

そうか、と思う。暗闇に灯り、そこに術師のあやがある。だから、長門守はむしろ迎え灯をともして、術の効力を薄めようとしたに相違ない。

が、どちらに効果があったか、いまとなってはわからない。

「とにかく、灯りはすべて消すこと」

半蔵はいい捨てて、木立を抜ける。

池のある庭を距てて、書院が見える。柱や蔀戸に突き刺したいくつもの鉤手燭《かぎてしょく》の灯。

そのゆらめく光暈《こううん》のなかに、幾重にも重なり合って、揺れ踊る人影。が、人影は確かに二つ、である。

長門守と加当段蔵が相対している。

ありようはしかし、相対しているとはいえるか、どうか。長門守が刃を脇に構え、左膝を立てて、こちらを向いている。しかるに、段蔵は横手の蔀戸に倚って、おどろの手ぶりを示している。骨法術の構えであろう。

〈見当が、違う〉

半蔵は息をのんだ。

長門守はたぶん、なん十となくゆらめく人影の光暈の一つを、段蔵そのものだと思っている。しかも、すでに剣尖《けんせん》は気をはらんで発しはじめていた。

果然、なにもない空間を、刃が薙《な》いだ。むなしいが烈しい刃音と、きらめき。そのきらめき自体、幾重もの幻暈《げんうん》をともなって、流れた。

長門守は、段蔵を斬ったと思ったろうか。

横合いから、段蔵が猿臂を振り下ろしていた。いとも容易に、である。

踏み替えて、逆に立てた右膝が、木片のように、ことりと倒れた。延び切った上体が、その膝を押し潰すようにして、ぐわらりと落ちてきた。

ほんの弾指《だんし》の間のできごとだが、なにか珍奇な田楽の所作でも眺めているような心地がした。その呆けたような心地は、もしかしたら、幻気、そのものではないか。

半蔵はとっさに眼をそらし、池の面を見やった。

池面に映る灯は、たんなる灯りの点々であり、段蔵の影は影で、幻暈もなくたった一つの姿を浮かべて見せる。それが段蔵の実体であろう。

「きたな、半蔵」

段蔵が声をかけた。

「こちらから出かける手間がはぶける」

半蔵は池面に映る段蔵を見つめたままでいた。ほんの少し、斜めに動いたようだ。

「いま、討ってやる。だが、待て。うぬにはいまのおれの喜びがわかるまい。力のない忍家が、忍家というだけでわれらを虫けらに扱ってきた。その虫けらが上忍を討った……」

喜びにひたる時間を藉《か》せ、といっているらしい。ただし、その虎眼狼面の貌《さま》は定かではない。

虐《しいた》げられてきた下忍が、上忍を討つ。気持はわからぬこともないが、自らが替って上忍の座に就こうというのは、いかがか。

〈それだけではあるまい〉

「うぬも忍家の末を鼻にかけている」

〈さよう思われているか〉

「それゆえに、女がなびく、許されぬ」

〈それが、本音であろう〉

「虚名の笠を、すべて払い落とす」

段蔵の池面に映る影が、すいと横手に走った。それから嘲声がうてて、響いた。

「半蔵、こちらを見たらどうだ。怖いのか」

〈なるほど〉

半蔵は視線を池面から離した。徐々に書院のほうに向ける。

段蔵の挑発に乗ったわけではない。駈けつけてきたのは、立合うためである。池面を見つめているかぎり、たぶん、術のまぎれはあるまい。が、それは闘う姿勢ではない。

半蔵は少し、恥じた。そんな余裕が、まだあった。

まったく、首を廻らすと、たちまち万灯《まんどう》の明り。

光芒が連なり、ゆらめきのなかに、段蔵のこれまたいく十、いく百とも知れずうごめく影。それらがいっせいに躍った。

〈くるな〉

半蔵はそのめくるめく動きを、眼眸をくわっと見開いたまま受けた。

猿臂の唸りと横薙ぎに薙ぐ刃音が交錯し、奇妙な音を立てた。たとえば初夏の朝、かきつばたが花を開くような、爽やかな、そして高い音である。

池面に水飛沫が上った。横ざまに段蔵が翔け抜け、半蔵が追う。かつて、半蔵が逃れた伊賀口の崖を、段蔵が跳んで失せている。

手応えは、あるようで、ない。もとより、勝った気はしない。耳の奥に、まだ爽やかな音だけが残っている。

万灯の幻暈は、嘘のように消えていた。四方のなんの変哲もない手燭の灯り。その下で、長門守がまるまって、なにかつぶやいている。

「はね上がり者を出した……」

伊賀衆一同に対し、騒がせて申しわけない、といっているようである。声音は絶え入るようにかすかだが、一語一語ははっきりしている。

〈韜晦のせい〉

であろう。

が、半蔵にはこの期に及んで、責める気はない。忍びの、もしかしたら人間の生き方の根元に触れることではないかと、自ら戒めたい。

要するに、ゆるみ、である。それをほかならぬ長門守が気づいていた。

「わが身のあしらいも、人の収めようも、強きと弱き、その分別に間違いがあったかもしれぬ……」

こうつぶやいた。

〝花伝〟によれば、能には〝強き・幽玄・弱き・荒き〟とあり、強き・幽玄を、ややともすれば、荒き・弱き、にまぎれることがあると指摘している。

〈弱かるべき事を強くするは、これ荒きなり。強かるべき事を幽玄にせんと物まね似たらずば、これ弱きなり〉

という。

すでにして、長門守の息は絶えている。籠目《かごめ》割れに裂けた血まみれの顔貌は、ふたたび動くことはない。ただ、みほについて触れなかったことが、半蔵にとって幸いであったか、どうか。

人の気配が近づいてくる。それらは、隠れ潜んでいた砦の者どもや、おきてにのっとって駈けつけたといわぬばかりの一党たちであろう。

半蔵はそれらの、どちらかといえば興味のみ深げな顔を見たくなかった。うつむきかげんにして、入れ替るように藤林砦を出る。その姿はとりも直さず、哀惜、の影を落しているように思えた。

〈また、段蔵を逃したか〉

足が重い。

三

ひだりが珍しく、忍び装束に身を固めていた。なん年ぶりであろう。なにもない右袖の先端を、だんごのように結んであるのが揺れている。そして、一本の左腕に、手槍。

未明の〝ちがんど〟の坂上に、ただ一人、立っている。

〈一段と小さくなった〉

と思う。背の屈みようも目立つようになった。

が、半蔵のそんな多少の感傷を、吹き払うようにして、いった。

「不首尾でござったそうな。そのような者は、この屋形へ、入れ申さぬ」

槍の穂先が下っている。そのまま、いつなんどきでも、すいと突き出しかねない勢いである。

〈偽りの怒気〉

と見た。

「〝化物〟に勝てぬとは、情けない」

「伊賀衆の名おれ、か」

半蔵はひだりの意を汲もうとした。

「少し、違う」

ひだりは頭《かぶり》を振った。髪の薄くなった頭を包む頭巾は、ひしゃげて傾いた。

「たしかに、われらの忍びが、小手先の幻戯《めくらまし》になぶられるというのが気に入らぬ。が、忍びにかぎったことではござるまい。なにかこう〝人間〟がしてやられているような気がする」

〈〝人間〟の名おれ〉

といいたいらしい。人間の積み重ね積み重ねしてきた知恵や技術の営みに対する凌《りょう》辱《じょく》である。

〈そうかもしれぬ〉

ひだりの考えも、練れてきたようだ。

「もっとも、地《じ》の伊賀衆がだらしがない。が、それはまだしもでござる。悪いのは、その〝化物〟を利用しようという一党のあることでござる」

百地砦を指していることが、すぐにわかった。

そういえば、おきてにのっとった〝同心成敗〟に、百地衆は顔を見せていなかった。

藤林長門の亡滅を、もっとも喜んでいるのではないか。

かれらは、ひそやかに、忍耐強く、伊賀一円の領有を狙っている。表面はおとなしく、しかし、どのような手段でも、とる。人に先がけて門徒衆にもなったし、いままた、加当段蔵という異端の術師を、籠絡するのではないか。老獪である。

「だから、〝化物〟は討たねばならぬ。しかも討てるのは、おまえさましかおらぬ」

と、ひだりは手槍を握りしめた。ために、穂先がぶるるとふるえた。

「討ってござれ。あれのことは、ご案じあるな」

みほを異性、あるいは異性以上の対象と考えるのは、段蔵を討ってからの話だ、といっているようだ。勝手な忖度だが、それがこの老人の考えた末の結論であろう。

「そのほうが、おれにとっても都合がいい」

じっさい、みほに対し、明確な思慮も情念もないまま、同じ屋の下に住むのは気が重い。

半蔵はその場でくるりと踵を返した。

「〝走り〟を常につけ置き申す。不自由あれば、いっていただきたい」

「無用」

半蔵ははや歩きかけて、頭をふる。

〈行乞《ぎょうこつ》――〉

ひだりに聞こえたかどうか、わからない。

しらじら明けの前方の草叢から、玉が二つ三つ、間断なく躍り上っているのが見えた。

手玉のようだ。

〈なるほど、えびがきていたのか〉

えびはたぶん、段蔵の幻術の根元を解くことができるに違いない人物、〝自然居士〟の所在を告げにきたものであろう。ひだりがそれを聞き、強気で段蔵討ちをすすめたのではないか。

えびが笑みを浮べて、立ち上った。この男は、笑うとむしろもの悲しく見える。当然のようにして並びかけてきた。

果たして、

「自然居士の在処がわかりましたよ」

ぽつり、といった。

「そうか」

「しかし、期待に添えるか、どうか」

「どこだ」

「京」

「会ってみなければ、わかるまい」

「さあ」

えびはもの悲しげな笑顔を、傾けた。どうやら、自然居士は幻術など考慮のほかの暮しをしているらしい。

陽が昇った。草木の露が、きゅうにまぶしいほど輝きはじめた。

「装束を改めたら、いかが」

半蔵はまだ忍び装束のままでいた。

「おまえも、玉を収ったらどうだ」

半蔵は戯れにいい返しながら、黒衣を裏返す。浅黄のなんの変哲もない筒袖になる。

このさき、どれだけ着通すことになるか、わからない。

「刀も」

と、えびが玉を収いながらつけ加えた。

「刀がどうした」

「お気づきにならぬのか」

えびはむしろ、不審げである。

見廻すと、鞘の鐺《こじり》から、点々とあるかないかわからぬほどの霧の滴が洩れている。

血、である。

半蔵の刀は無銘の濃州《のうしゅう》もの。拵えは忍者刀づくりだから、鐺に小孔があいている。

水にくぐったとき、息を通すためである。そこから、血の滴が垂れていた。

〈奇態なことがある〉

半蔵は刀身を抜き放って、かざして見た。

反りの深い美濃鋩子《ぼうし》。そのあたり一面に、黒い霧しずくが噴いている。それが脂のようにとろりと寄ってきて、垂れ落ちる。

〈〝化物〟の血だ〉

と思う。

「不首尾だと聞いたが、知らずしらずのうちに、多少は疵つけていたのではないかね」

「はて」

どうも定かでない。

「〝化物〟というものは、息の根を絶やさぬかぎり、かえって祟《たた》りが凄いそうな」

「それは怖ろしい。が、祟りでもなんでも出てきてもらわないと困る」

半蔵は刀身を拭った。拭っても拭っても、果てしのないような脂の露しずくである。

「もしかして、斬り殺していたら、どうなさる」

「そんな生ま易しい相手ではない。それに、相手はそいつ一人だけとは考えておらぬ。そのような術のあることが、不穏なのだ」

〈人間の名おれ〉

というものである。だから、自然居士に会っておかねばなるまい。

宇治《うじ》から木幡《こはた》を越えて、京に入る。だれが見ても怪しい二人連れであった。

この年、京は概《おおむ》ね平穏である。将軍義輝は、平岡《ひらおか》に遊び、伏見《ふしみ》に遊び、などし、主上の即位も行われている。注目すべきは、天主教徒たちが京に入り、幕府はその布教を許していることであろう。

「で、居士はどこにいる」

半蔵はむんむんと暑気のこもる夕景近くの京を望みながらいった。

「さあ」

「辻説教か」

半蔵は居士を、猿楽の〝自然居士〟そのものの説教僧だと考えている。

「さよう、辻説教に間違いない。間違いはないが、趣きが少し、変っていますよ」

「どのように」

「エワンゼリヨ、とか」

「なんだ、それは」

「福音《ふくいん》、というものです。それを説いている」

「南蛮《なんばん》から渡来したという邪宗《じやしゆう》か」

「邪宗、といわれたな」

えびは笑った。このときの笑みは、あまり悲しげでない。なにか、いたずらっぽいおかしさをたたえている。

「太秦寺の祈りを、お忘れになったか」

〈景教〉

を指している。

「同じものか、あれと」

「まったく同じものか、どうか。とにかく、おまえさまの母御が信心なされていた。だからといって、おまえさまが信じようが信じまいが、それは勝手だ。が、邪宗、と称ぶこともありますまいよ」

「もっともだ」

半蔵はうなづいた。唐突だが、きりの面影を想い浮べた。薄幸というよりほかないただの女としてでなく、ほとんど記憶に薄い〝母親〟としての像である。

「まず、カザへ行きますか」

「カザとは」

「ああ、住院のことですよ」

えびはさりげなく、いう。

半蔵は少なからず、畏れを抱いた。えびに対してではない。聞きなれぬ言葉と、そしてその言葉がもっているなにかに、である。

そのなにかは、あるいは異人種、というものであるかもしれず、文明、というもので

あるかもしれぬ。とにかく、

〈異種〉が在るという畏れである。

たとえば、鉄砲という器物なら、器物自体、手にしたとき、すでにおのれのものになっている。が、手にすることのできぬ言葉や、その言葉を生むそれぞれ母胎が難解である……

「イルマンどのはもう戻っておるかもしれぬ」

えびはまた、わからぬことをいった。この男、信者のようだ。

四

このときのカザ（住院）は、誓願寺《せいがんじ》通り室町《むろまち》西入ル玉蔵町《たまくらちょう》のクダのユウチョウという者の家にあった。

前年末、パアデレのヴィレラとイルマンのロレンソが入洛、改宗僧の紹介で、はじめてある老尼の庵室《あんしつ》を借り受けたのがはじめで、以後、転々している。仏僧の迫害のためである。ただし、その間に妙覚寺《みょうかくじ》にいた将軍義輝に会うことができ、布教の許しを得ている。

「いまは貧弱だが、やがて立派な聖堂ができるでしょう」

えびは貧弱すぎるカザを指さした。

前口を土間に仕立てたところに、人が詰めかけていた。仏教を聴聞するのとは、かなり異なった敬虔さである。仏僧そのものもいた。

両眼を乳白色に据えた貧相な男が、なにかを説いていた。エワンゼリヨというものであろう。容貌に反し、声音はよく透った。

聞き慣れた節廻しが少し、混る。もし間違いなければ、琵琶法師の声音である。

「見憶《みおぼ》えないか。もとわれらの仲間で、肥前《ひぜん》生れの琵琶法師を」

えびがいった。いわれれば、憶えがないでもない。

「それが、なにをしている」

「イルマンのロレンソです」

「ほう」

「ザビエルどのからバプテスマ（洗礼）を受けました。眼はほとんど見えぬ」

半蔵には、ザビエルもバプテスマもわからない。が、高徳の士から入信を許されたらしいということぐらい、わかる。

「眼の見えない者ほど、神が見えるのだろう。要するに」

と、半蔵は訊ねた。

「居士もこのようなことをしているのか」

「さよう。ただし、イルマンではない。エルミタン（隠修士）、いやただの説法僧と考えてよろしい」

「その説法を聞きたいものだ」

「行ってみますか」

えびは畏れげもなく、人を掻き分け、説教ちゅうのロレンソに近寄ってささやいた。ロレンソもあらぬかたに眼を向け、それに応えた。見えぬ眼で、半蔵の姿を求めたのかもわからない。

「ダイウスの辻にいるそうです」

えびが戻ってきていった。油小路《あぶらこうじ》と堀川《ほりかわ》通りの間である。そこでダイウス（天主）の辻説法がよく行われたので、俗にダイウスの辻と呼ばれていた。

「あれはなんだろう」

半蔵はそのときになって、ロレンソの背後に置かれた白磁《はくじ》の女人像に気づいた。いうまでもなく、聖母マリア像である。

「観音像か」

「そのようなものです。ただし、悲しい母、といい直してもいい」

〈似ている〉

半蔵はまた、きりを想った。

ダイウスの辻に、自然居士がいた。

黒く細長い筒袖と長袴の修道服を着けている。ちょうど夕焼がまともに差し、皺面をあかあかと染めた。

説法は終っており、仏僧の質問に答えていた。仏僧はしかし、質問というより、いいがかりをつけようとしているらしかった。もっとも、当時は在来の宗教との論争それ自体、布教であった。

だいたい、天主教の渡来当時、単に天竺《てんじく》の新しい仏教の一派と見られた。真言宗《しんごんしゅう》では〝大日如来《だいにちにょらい》〟に合致するとし、禅宗《ぜんしゅう》では黙想によって達する〝本分《ほんぶん》〟と同様であると思い、法華宗《ほっけしゅう》では〝妙《みょう》〟とし、浄土宗《じょうどしゅう》では〝阿弥陀《あみだ》〟の世界であるとし、神道では〝古教〟であると解釈した。

布教の側でも、便宜上、適当な仏教語を採り入れていた。たとえば、ダイウス即大日、といったふうに。

しだいに、本質的な差異がわかってきた。ばかりか、誤解を与える怖れもあった。それゆえ、原語を使用することにした。ダイウスの辻も〝大日〟が捨てられ、ダイウスが用いられるようになってからの俗称であろう。

「ダイウスは人間の魂を作るのに、なにを用いたか——」

仏僧の問いである。この種の問いはしかし、もう使い古されていた。質疑応答、といったかたちがすでにでき上っている。

「貴僧はいかが考えますな」

居士はにこにこと笑みを絶やさず、僧に反問する。枯れた声音であった。

「地、水、火、風――」

「その地水火風をも、ダイウスが作り給《たも》うた」

「なにを用いて」

「意志と言葉」

「つまり、空と申すことか。なにもないというのと同じではないか」

「空気には色もなく、形もないではござらぬか」

「それなら〝本分〟と同然。すべて、無に帰一する」

「まったくの無ではない。人間の霊魂は不滅でござる」

「その霊魂は、なんでできている」

設問はまた、もとへ戻った。居士は飽きもせず、ふたたび同じことを繰り返そうとする。

「もうよい。つまりは〝本分〟であろう」

仏僧は禅門のようだ。当時、禅門の僧がもっとも学識深く、理屈にうるさかった。けれども、その学識も理屈も、ほとんど嚙み合うことがなかった。

「くだらん」

これをいいたかったようにして、仏僧は去る。聴聞していた人々も散りはじめた。

「あほ」

突如、居士はだれにともなくつぶやき、受けていた夕日の陽差しから影をずらした。その仕草が、半蔵にはおかしかった。

「意志と言葉の通ぜぬやつに、話がわかるものか。もっとも、信じてもらわなくてもよい。こういうものがあるということだけ、わかればよいのだ。だから、わしはイルマンにならぬ。そうではないか」

居士はえびに笑いかけた。もう、居士の前には、半蔵とえびしかいない。

その笑顔を、きゅうに半蔵に向けた。

ずいぶん、長い間のようであったし、また、ほんの一瞬のようでもあった。飄々《ひょうひょう》とした眼差しと、鳶色の眼光がある胸苦しさをもって交錯した。

〈父子が父子であるまいとする姿〉

だとえびは見た。

が、多少異なっていた。半蔵は居士の夕暮れに沈む影のなかに、なんとか骨肉の繫りを探し出そうとしていたのに反し、居士は半蔵を他の人間ども一般に組み込もうとしていたようである。

それは、あほ、であり、迷える羊であり、いくぶん賢者ぶっているにしても、この世に罪を抱いてうろつく群衆の一人にすぎない。要するに、

〈悲しい他人〉

であり、

〈愛すべき隣人〉

であった。

だから、父子の見合う姿は、それぞれの思いによる確認ともいえる。その確認が終った。

「おまえは、なにが訊きたい」

と、居士はまだ笑顔を絶やさなかった。笑顔や枯れた声音は、群衆一般に対する手慣れた物腰である。

「世に、不思議ということがござろうか」

幻術、の意味である。

「あるとも」

これは、奇蹟、のつもりであろうか。

「ただし、ダイウスの加護による。これなくして、妙も不思議もない」

「ほかにあるとすれば」

「エレチョ」

えびが半蔵の耳元へそっと口を寄せていった。

〈異端、ということです――〉

「そいつは、この手で討てようか」

ひとりでに、拳が握りしめられている。その仕草を、居士はしばらく眺めていた。そして、ふといった。

「果心《かしん》居士《こじ》、という者がいる」

はじめて聞く名である。

「それがエレチョでござるか」

「さよう。たぶん、アルビの流れであろう」

なお、わからない。

アルビ派を指すとすれば、それは十二世紀の終りごろ、法王グレゴリイ九世によって抹殺された異端の一派である。悪魔礼拝にふけっていたと伝えられる。

いわゆる〝黒ミサ〟である。悪魔がキリストの権威を借り、神聖なるべきミサを汚すことによって、自らの力を認めさせようとした。

たとえば、司祭の着る服には、淫猥な文字や絵柄が書き込まれ、精液、経血が塗られてある。祭壇には人頭の山羊《やぎ》。聖体パンを捧げると、山羊が参列者に投げ与える。それを押し合いへし合い、奪い合う。やがて、抱き合ったり、接吻したり、嚙みついたりして、苦痛と快楽の淫靡《いんび》な修羅《しゅら》場《ば》になる……

一派のうち、ある者は自らを空中へ浮上させたり、呪文もろとも、からの聖杯になみなみと葡萄酒《ぶどうしゅ》を充たすことができる。祭壇に昇れば、その足跡から血の文字や心臓の型をした聖体パンが現れる。そしてそれらは、まぎれもない人間の血であった……

ただし、果心居士がそのように、生血や精液、経血にまみれた陰惨な秘儀を受けた人物であるかどうか、定かでない。

筑紫《つくし》の生れで、たぶんもっとも早く南蛮人に接触し、それがたまたまアルビ派の道士であったのではないか。

当人は自らの妖異さについて、

〈不知火《しらぬい》の火玉を吞んで修行した〉

と、いっているらしい。

とくに、人を殺《あや》めたということは聞かぬ。〝まぼろしの楯〟というものを使って、刀槍を防いで見せたり、奈良元興寺《がんごうじ》の尖塔などに登り、そこで着物を着替え、小手をかざして四方の景色に眺め入ったりする。

術そのものは、元来ひそやかなものである。衆人環視のうちに、高い塔に登って見せるという発想は、これまでない。

神聖なるべき仏塔を汚すことによって、自らの力を誇示しようということは、とりもなおさず、〝黒ミサ〟の考えといえようか。

「おまえは何者かを討とうとしているらしいが、討てるか討てぬか、まず果心を見てから判断するのがいい」

と、自然居士はいった。くったくない。

〈果心を探すこと、だな〉

段蔵はその弟子かもしれぬ。

「行くか」

自然居士は半蔵を見つめた。このときばかりは、半蔵と同じ鳶色の眼眸のきらめきになった。

「選ばれたる者には、常に不安と誇りがつきまとう。が」

自然居士が笑顔に返った。

「稽古は強かれ、諍識《じょうしき》はなかれ」

〝花伝〟に、

〈上手は下手の手本、下手は上手の手本なりと工夫すべし。人のわろき所を見るだにも、我が手本なり。いわんや、よき所をや。稽古は強かれ、諍識はなかれとは、これなるべ

し〉

という。

自然居士が父半三保長として、じかに半蔵を諭《さと》した唯一のものであっただろう。

行乞

一

明けて永禄四年春、半蔵とえびは筑前《ちくぜん》博多にいた。果心居士を求めての旅だが、ありようは、

〈行乞〉

である。

ものを乞い、ときに芸を売る。じっさい、半蔵もものを乞い、えびの芸の手助けをした。乱れたばさらの髪や、汚れ切った衣服がそれにふさわしい。

みちみち、えびの仲間たちが果心居士の行方を、口送りに伝えてくれる。その足跡を辿るのが、僅かにあてといえた。

えびはそんな情報を呉れる仲間を、

〈塞神《さえのかみ》〉

と呼んだ。

〝塞神〟は行手を知らせ、行人を護る道祖神である。が、だれが、だれに対してというのではない。だから、表情はもともと祀った人のそのときどきの憤りや、笑いや、悲しみに応じて、まちまちである。

そのまちまちの情報を頼りながら、山陽道を西へ西へと歩んできた。果心居士はどうやら、生れ故国という九州にいるようだ。

松原に波が寄せている。志賀島《しかのしま》が見え、その向うに荒く波立つ外海が拡がっている。

はるばるきたものだと思う。

「行乞にも慣れた」

と半蔵はだれが見ても乞食としか見えない自らの姿を眺め廻していった。

「もう、おまえの仲間へ入ってもよいのではないか」

自分では雲のように、水のように、流れにまかせてきたつもりである。それに、ずいぶん見聞を広めることができたと思う。

「さあ、どうですかね」

えびはもの悲しい顔つきで、笑った。

「だめかね」

「姿だけでは。それに、なにもおまえさまが身を落す必要はない」

そこへ、風に破れた衣の袖をひるがえして、琵琶法師が現れた。えびのいう〝塞神〟の一人である。

そいつは、片方の眼玉を白くむき出していた。憤ったような口調で、ごく無造作にいった。

「果心居士は、堺《さかい》へ」

〈泉州《せんしゅう》堺だと〉

ほとんど、出立してきた地点にほかならない。が、法師はほんの隣村でもあるかのように堺の名をあげた。

「いかがなさる」

えびがあらたまったように訊ねた。

「戻らねばなるまい」

と、半蔵はなにげなく答えた。ほんの微かだが、やれやれという気ぶりが窺えたかもわからない。

「本心は、めんどうとお考えではないか」

「別に。戻ればよいのだから」

歩くこと自体、なんでもない。が、えびはあのもの悲しい笑いを浮べた。

「なにがおかしい」

「やはり、おまえさまはおれらの仲間には入れませんな」

「なぜだろう」

「おれらには、戻るところがない。だから、戻る、という言葉はない」

「なるほど」

半蔵はふと、虚を衝かれた思いになった。その実なくして、〝行乞〟を気取っていたのではあるまいか……

琵琶法師はすでに、松原のかなたを風に吹かれて去っていく。足元は不確かだが、飄々という表現がふさわしい。あれこそ、雲水《うんすい》の流れというものではないか。

「わたり、というものをご存じかね」

ふいにえびがいった。

「渡り者のことか」

「さよう考えてよろしい。が、ある時期だけやむなく渡り歩くのではない。一生涯を渡って歩く。果てしなく、とめどなく、渡って歩く。その子が、その孫が……」

流浪の民をいっている。

「いつ、どこで果てるやら、わかったものではない。すがるものは、ただ神のみ」

「それこそ〝塞神〟ではないか」

「いえ、〝塞神〟は偶像ですよ。動いてくれない。わたりの行くところ、どこにでも頭上高く、ただ一つの神がおわす」

「こんなところで、天主教の説法か」

「そんなつもりではありませんよ。一つの神、したがって一つの言葉、こうして渡り歩いたわたりの暮しは、さぞ穏かであったでしょうな。どうも、暮しが根を下ろすようになってから、憎しみや争いが起るようだ……」

たとえば、いま半蔵が差している刀は、津々浦々、どこへ行っても刀という名称で通る。これは、元来が金物《かなもの》を心得たわたりが、刀という一つの言葉で広めたからではないか。

それに反し、定住すると、〝浪速《なにわ》の葦も伊勢の浜荻〟で、言葉も変り、信仰神も異なり、考えも分れる。欲望が起り、争いが起る……

「といっても、いまみんながあてもなく、渡り歩きはじめたら、大変でしょうな。けれども、忍びというものは、強大に根を張っているやつを、少しでも崩すのが仕事ではないんですかね」

「いったい、なにがいいたいのだ」

半蔵は眼眸をきらめかした。憤っているのではない。むしろ、えびの聞き慣れぬ弁口に感心している。

「そう、わたりのこと」

と、えびは荒く波立つ外海のさまをしげしげと眺めながらいった。

「もしかして、おまえさまの祖先も、おれらの祖先も、あの海を越えて渡ってきたかもしれませんな。おまえさまは伊賀に根を下ろし、おれはまだ、渡り歩いている……」

「それで」

「もしそうなら、通ったのは瀬戸内。わたりの水の道筋によれば、博多と堺はほんの一と足、ということになる」

要するに、博多と堺は離れているようだが、わたりの感覚によれば、隣りのようなものだ、ということらしい。

「大仰な話しぶりだ」

「そうでしたかね」

「では、戻る、のではなく、堺へ行くとするか」

えびは笑い、なんのつもりか、懐中の八ッ玉を、勢いよく手玉にとった。

二

〈日本全国、堺の町より安全なる所なく、他の諸国において動乱あるも、此町《このまち》にはかつて無く、敗者も勝者も此町に来住すれば、皆平和に生活し、諸人相和し、他に害を加うる者なし。市街においてはかつて紛擾《ふんじょう》起ることなく、敵味方の差別なく、皆大なる愛情と礼儀をもって応対せり〉

〈町にそれぞれ二つの門ありて、番人を付す。此町を出ずれば、各その敵に勝たんことをつとむ。もし町において争闘あるときは、争いたる者は土地の人に殺さる〉

ガスパル・ビレラが本国へ書き送った書翰《しょかん》の一節である。

町の三方は深い濠《ほり》でもってめぐらされ、富商多く、ベニス市の如く執政官によって治められている、とも報じられている。

その堺の北に注ぐ大和川《やまとがわ》のほとりまできて、えびが小首を傾げた。午下《ひるさが》りの陽が淡い。

「町のなかには、ビレラどののカザがある。もし果心居士が異端なら、とても近寄れぬと思う」

ビレラは当時、商人日比屋了珪《ひびやりようけい》という者の庇護を受けていた。その三階屋の上層を居室とし、のち櫛屋町《くしやちよう》に会堂をもつにいたる。

「そういうものか」

半蔵には、天主教における異端の意味がよくわからない。たとえば、一向徒が本寺から〝破門〟されたようなものかと考えるしかない。

一向徒の〝破門〟によれば、同朋、同行からいっさい交際が絶たれる。他宗、他国へ逃れても、どこまでも手が延び、〝飢エ死ナズトイウコトナシ〟という。さらに怖ろしいのは、現世を追われて死ぬべき身に、無間《むげん》地獄が待っている。〝後生《ごしょう》トリアワズ〟というわけで、地獄へ落ちるほかはない。

異端はしかし、どうも違うようだ。げんに、果心居士はひょこひょこ、全国を歩き廻っている……

「なにせ、ここは不思議な町だ。異端でもなんでも、入り込むだろう」

半蔵がこういったとき、淡く芽をふいている柳の木蔭から、小さい影がひょいと出た。浅黄の筒袖に、伊賀袴。〝ちがんど〟の少年にまぎれもない。が、違った。

「お屋形さま」

と呼びかけた声は、女である。陽焼けして浅黒く引締っているものの、少女であった。

「これを」

包みが差し出される。

「なんだ」

「着替えでございます」

「要らぬことを」

〈不自由ないよう〝走り〟をつけておく〉

といったひだりの言葉がよみがえった。少年たちが、ひそかに半蔵の周辺をつけて廻っていたかもわからない。

えびと視線が合った。あのもの悲しげな顔つきで、笑っている。

「ごらんなされ、とてもおれらの仲間に入れぬ」

えびはこういって近寄った。

「着替えたらいかがか。だいいち、その身なりでは、門を通してくれぬかもしれぬ」

「要らぬことだが」

半蔵はつぶやき、包みを受けとった。えびの言葉に従ったわけではない。少女の真剣で、可憐な瞳についつい受け容《い》れるつもりになった。

緑がかったねずみ色の着物である。それに、同色の袴。長身の半蔵に、よく似合う。

「ようございました」

少女がほっとしたように、瞳をきらめかした。そしてつけ加えた。

「みほさまのお仕立でございます。染めも、織りも……」

〈迂闊〉

半蔵はそのよく似合う着物を着たまま、しばらく、棒立ちになった。ばかりか、困ったことに、焚きしめてあったに違いない香が、遠慮なく匂った。

奇妙な情感である。かつて覚えたことのない思いが、肌を伝って泌み入るようである。

「お髪を」

少女がいった。半蔵はなかばやけくそのようにして、川縁に腰を下ろした。少女がその背後に廻った。その小さい手に持たれた櫛が、すいすいと蓬髪を梳《す》く。

少年でなく、少女を寄越した仔細が、ようやくのみ込めた。みほの指金か、ひだりの魂胆か、わからない。ただ、川面にみほの面影の映るのを、どう払いようもなかった。

その間じゅう、えびが柳の木に倚って、低く笑い続けている……

「ほんに、要らぬことを」

つぶやきながらも立ち上った半蔵の姿は、一変していた。そして、小さく叱った。

「二度とくるな」

「はい」

少女は答え、しかし、嬉しそうに汗と垢《あか》にまみれた着物を、大事そうに抱え、一散走りに走り去った。

「堺好みの匂いですな」

えびがわざと焚きものに鼻をひくつかせた。

「〝塞神〟はいないのか」

と、半蔵はまったく別のことをいった。果心居士の行方を知らせてくれるはずのえびの仲間のことだが、このさい、下手な照れ隠しと見られても仕方がない。

「さようお急《せ》きにならんでも、ちゃんといいますよ」

えびは先に立って、堺の町なかへ入った。まだ、楽しそうな笑みが消えない。半蔵は憤ったような顔つきでいる。

三村《みつむら》宮の前に、法師が一人、小唄を低く歌って立っている。琵琶法師に似て、しかし手にしているのは琵琶ではなかった。

「いますよ、〝塞神〟が」

えびがいった。半蔵はまず、そいつの持物を見つめた。

「あれはなんだ」

「ご存じないのも無理でない。あれは近ごろ、琉球《りゅうきゅう》というところから伝わったもの。三味線、といっています」

どちらかといえば、細く、高く鳴り、哀愁がある。歌っている小唄によく合うようだ。

――いたずら者や、面影は、身に添いながら、独り寝……

――思い出さぬ間なし、忘れてまどろむ夜もなし……

「しみじみといいものですな。いずかたにも、このような心根の方がいる」

「くだらん」

半蔵はいい、しかし耳を傾けた。そいつはまた、にっこり笑って歌う。

――思えど思わぬ振《ふり》をしてのう、思い痩《やせ》に痩せ候《そろ》……

だいたい、小唄は早く京の町衆にもてはやされたが、このころから堺が小唄流行の中心になった。やがて、独特の隆達節《りゅうたつぶし》が生まれることになる。

「仲小路《なかこうじ》ノ坊《ぼう》、という者です」

えびがささやいた。せっかく歌っているのを、そこなうまいという配慮のようである。半蔵も名などどうでもよかったが、黙ってうなづいた。

――さて何としようぞ、一目見し面影が、身を離れぬ……仲小路ノ坊はこう歌い終ると、三味線を脇に抱えていった。

「さて、なんとしようぞ。果心居士はつい先日、町を去りました」

「どこへ行ったのだろう」

というえびに、

「一目見し面影が、身を離れぬ、か」

と、小唄そのままに答える。初老の顔立ちが温和で、戯れ口にも嫌味がない。

「たぶん、京でありましょうが、定かでない」

「そんなときには」

と、半蔵は傍からいった。

「堺のどこへきたのか、確かめるものだ」

「まったく、その通り」

と、仲小路ノ坊がうなづいた。その口ぶりから、存外なところを訪れたことが窺われる。

「果心の現れた先は」

えびが促されるようにして訊ねた。

「千《せん》ノ宗易《そうえき》」

仲小路ノ坊は、ぽつりとこういい、ふたたび三味線をとり上げた。もう、小唄を口誦《くちずさ》みはじめている。

「なるほど、意外なとり合わせだ」

えびが半蔵を見返った。

のちの利休居士《りきゅうこじ》である。家柄は和泉《いずみ》一円の〝問丸《といまる》〟を支配し〝問塩魚座〟をもつ。当時、抛筌斎《ほうせんさい》と号し、魚器を抛《なげう》つ、つまり家業の魚問屋をやめて、茶人として一念発起したころであろう。もっとも、その異才は武野紹鷗《たけのじょうおう》の弟子として少年のころから有名である。

「何者か、宗易というのは」

半蔵はよく知らない。

「数寄者《すきしゃ》ですよ。茶人」

「それがどうした」

まだよくのみ込めないでいる。

「いかがなさる」

「会うて、訊《たず》ねる」

「さあ、それは難しい」

「そんな偉物《えらぶつ》か」

「おれらには考えもつかぬが、その道に入れば、たいそうな方らしい」

「おかしいではないか。果心居士に会う者が、余人に会わぬとは」

「なにも会わぬと聞いたわけではないですよ。難しいといっている」

「つまり、行って見なければわかるまい」

傍で、仲小路ノ坊が歌った。

――思う方へこそ、目もゆき、顔も振られ……

三味線をはやし立てるように弾いている。

三

堺の町衆は、京の町衆が土倉や酒造を主体に力をつけていたのに対し、ほとんど貿易、海運業を中心にして発達してきた。だから、それらの邸《やしき》は規模も大きく、異国趣味を進んでとり入れ、広闊《こうかつ》としている。

それぞれ濠をめぐらし、豪華な庭園を設け、茶室をもつ。なかには高殿をしつらえ、千里万里を眺望できたという。ときに、そのまま寺院に寄進されたが、寺院にふさわしい大構えであったことが偲ばれる。

宗易の居宅は、今市《いまいち》に在った。広壮な邸の建ち並ぶ町並は、一種の偉観だが、半蔵はとくに驚かない。

「日本では、ここだけの景色《けいしょく》ですよ」

と、わたりを自認し、強力に根を下ろすかたちを憎むはずのえびが、むしろ自慢げに説明するのが笑止であった。

「おかしいですか」

えびは自ら笑っていった。

「ものの建つのは、悪くない。建物につれて、絵や彫物や飾りものの技が磨かれる。石や草木の味わい方も深くなる。が、いつまでも続くのがよくない。だから、早く壊して、また造り直す……」

半蔵はあまりよく聞いていなかった。辻の向うを、僧形の影がよぎったからである。かれの勘によると、陰者のうつろいであった。久方ぶりに、肌の張りつめる思いがする。鳶色の眼眸もきらめいていた。

そいつは、すぐにまたあと戻りしてきた。

〈山田ノ八右衛門ではないか〉

半蔵は足を速めた。

〈なんのために〉

鉄砲の注文であろうか、とも思う。堺には橘《たちばな》屋《や》又三郎《またさぶろう》という鉄砲師がいる。この通称〝鉄砲又〟の製造になる鉄砲は、江州国友《ごうしゅうくにとも》製、紀州根来《ねごろ》製と並んで名をなしたが、堺という商業都市の性格から、海路はるばる注文があり、たぶん、もっとも多量に出廻ったことだろう。

僧形の八右衛門は、三度、辻をよぎった。

「なにをしている」

半蔵が声をかけた。向うをむいたまま、八右衛門が静止した。背で気配を図っている様子だが、明らかに不意を衝かれて動転している。

そうかといって、半蔵の掛声はことさら他意はない。隠密な百地砦のうちにあって、ただ一人、接触でき得るこの男に、むしろ興味がある。

「おまえさんこそ、なに用だ」

八右衛門は向うむきのまま、いい返した。すでに半蔵だということを知ったようである。

そのうしろ姿はしかし、半蔵の平静さにかかわりなく、要慎深げであり、それ以上に

闘う気構えすら窺えた。もし、こちらを向くときは、牙をむいて嚙みつくしかない獣のうしろ姿に似ている。つまり

〈敵意〉

である。

しばらく、互いに無言でいた。やがて、じり足で、一歩また一歩、動かしていき、衣がひるがえったとき、もう向うの辻へ走り去っていた。その間、ついに振り向うとはしなかった。

「おかしなことがある」

えびがいいながら駈け寄ってきた。ただし、えびがおかしい、といっているのは、走り去った八右衛門を指しているのではなかった。

「あれはたしか、織田家の滝川源太夫、という男ですな。うしろから、くる」

「たしかに」

半蔵は振り返って、うなづいた。

源太夫は裃《かみしも》を着けている。せかせかと歩むのがこの男の癖だが、前屈みのその足の運びにつれて、裃が不恰好に揺れた。武張《ぶば》った体軀には、裃はあまり似合わない。

「これは奇遇でござる」

源太夫が頓狂な声をあげた。田楽狭間以来である。

そして、半蔵がなにも問わないうちに、体を寄せていった。

「内密でござるが、大将がお忍びで見えているのだ」

大将とは信長であろう。内密、という割には声が大きい。

「なるほど」

半蔵は得心した。

八右衛門は忍びで堺にやってきた信長を狙っているのではないか。そしてまた、半蔵の出現を、信長警固のためと判断したのではないか。半蔵はすぐに訊ねた。

「お供廻りは、いかほどですか」

「八十人もござろうか」

それなら、めったなこともあるまい。ことに、街なかでは喧嘩《けんか》刃傷《にんじょう》が戒められている堺の町である。

半蔵としては、なにもいま進んで信長の身を案ずる義理はない。忍びは、一期一会。そのときどきに働きを尽す。いったんの関係に、狎《な》れてはならない。

で、話を変えた。

「将監（滝川一益）どのは、お達者か」

「岡崎へ参ってござる。松平どのとの和睦の使者でござる」

〈三河衆と結んだのか〉

悪くない話だと思う。

松平家に兄の源兵衛保正がいるからというためばかりではない。あのたぬきの二郎三郎そっくりな元康の、泥臭いばかり忍従で、しかしよく人がなつくらしい奇妙さは、覇《は》気横溢《きおういつ》し、激しい性のかぶきたる信長と合うかもわからない。

じじつ、信長は代々の織田、松平という敵対関係にかかわりなく、元康の奇妙な力を高く買っている。この者と結べば、東方に気遣いなく、西上できるだろう。

ときに、信長は海路、伊勢の桑名《くわな》に渡り、奈良を経、堺へやってきた。さらに京に上り、将軍義輝に謁《えっ》するつもりでいる。天下を志すための下検分、といったようなものである。

「ところで」

と、源太夫が春とはいえ、まだ風がうら寒いのに、額についつい滲む汗を、しきりと手の甲で拭きながらいった。

「宗易どのの邸は、どのあたりか」

えびがふと笑いを洩らした。もとより源太夫の仕草を笑ったのではない。奇妙な暗合に対して、である。

が、源太夫はいっこうに忖度しない。

「大将がせっかく堺にきたからには、名人宗易の点前《てまえ》にあずかりたいと申してでござる。

よって、日柄、都合を伺って参れとのこと。いやはや、茶ノ湯とは難渋なものでござる」

呼びつければよいではないかといわぬばかりの口ぶりである。

茶ノ湯の風儀にもとるかどうかは別として、呼びつけるということは、たぶん無理であろう。信長は今川義元を討ったものの、格はさして高くない。反して宗易は、容易に屈伏しない堺の数寄者の気概の持主である。のちに信長、秀吉の〝茶頭《さどう》〟になるが、茶ノ湯を身すぎ世すぎにしたことを、のちのちまで悔んでいたという。

「じつは、われらもそこへ」

と半蔵がいった。源太夫は眼をむいた。

「ほう、そなた、茶ノ湯をやるのか」

「まさか」

半蔵は首を振った。

「が、案内、いや、供をしましょう」

もう、えびは先立って歩みはじめている。源太夫に乗じて宗易に会えるとすれば、まったく思いのほかである。そんな奇貨を得たようなえびの足どりであった。

「数寄者はこちらから入るもんです」

と、えびは邸の横手の庭の木戸を指さした。そして自分は辻にたたずんだ。

四

庭の中ほどに跳木戸《はねきど》が見える。その向うに飛石、植木、古竹の腰垣、数寄屋がある。二重露地になっているらしい。

茶庭はもと、茶室に付随した坪《つぼ》ノ内《うち》と称する小庭と、席入りの露地だけであったのを、宗易の〝作意〟によってずいぶん奥行の深いものになった。晩年には、三重露地を秀吉のために造っているが、このころすでに内外に分つ茶庭を考えていたようだ。

「あの男かな」

風流の使者にはあるまじき不遠慮な口調で、源太夫はいった。自分ではひそかにささやいたつもりでいる。

〈たぶん〉

半蔵は眼だけでうなづいた。

ずいぶん、大柄な男である。黒っぽい直綴《じきとつ》を羽織り、植込みの間の手水鉢《ちょうずばち》を動かしている。その腰の屈め方や仕草が尋常でない。どちらかといえば、闘志を秘めた兵法者の所作に似ていると思った。

源太夫はしかし、くったくない。ずかずかと跳木戸を通って行く。半蔵は木戸のところでひかえていた。

源太夫はふり向いた宗易に、口上の趣きを述べた。あくまでも武骨木強な口調である。宗易が承諾したらしい。微笑を浮べている。この武骨木強な使者に、好意をもったようである。故意か偶然かわからぬ。が、もし故意にこの者を使者に選んだとすれば、信長もなかなか端倪《たんげい》すべからざる味がある。

「すんだすんだ」

源太夫は跳木戸のところまできてつぶやいた。背後に宗易がいる。茶会ではないが、〈露地より入るより出るまで、一期に一度の会《え》のように〉送り出そうとしている。

半蔵はだから、役目を果たして不遠慮につぶやく源太夫ではなく、宗易を見つめていた。わからぬながら、その不作法さを恥じるように、である。

宗易もこちらを見返している。細いが、よく輝く眼である。なにか、睨み合うような恰好になった。

「はて」

宗易がつぶやいて寄った。長身の半蔵とほとんど変りない背丈である。四十を一つ二つ、越しているであろうか。

「手前の知辺《しるべ》でござる」

傍から源太夫がいった。供、ととりつくろえないところが、この男の一徹さであろう。が、宗易はそんな言葉を黙殺していた。

「なにごとか、訊ねたい儀があるとのことでござる」

宗易はそれにも耳を藉《か》さず、さらに近寄ってきた。ほとんど、体が密着しそうになっている。

「おもしろい色です」

ぽつり、といった。

半蔵の着替えた着物の色をいっているらしい。そんなことに気づくのに、少しの時間がかかった。

緑がかったねずみ色。

かつて、色合いに関心をもった記憶がない。どこがどうおもしろい色なのか、わからない。

「いや、おもしろい」

もう一度、宗易はつぶやいた。

だいたい、宗易は黒色好みであった。

〈黒は古き心、赤は雑なる心〉

という。

台子《だいす》、天目台《てんもくだい》、棗《なつめ》、茶碗、湯次《ゆつぎ》から会席盆にいたるまで、ことごとく黒である。茶道の望むところが〝わび〟と〝さび〟にあるとすれば、黒色は〝わび〟であろう。そして〝さび〟はねずみ色ということになる。

宗易はそのねずみ色も好んだ。

〈利休ねずみ〉

である。緑がかったこのねずみ色。

「この色合いを染め出した人を知りたい」

半蔵は当惑した。染め出したのはみほであるという。

もともとねずみは忍びの装束の色である。それにあのむくろじの淡い緑の花弁の汁でもしたたらせたのではないかと怪しまれる。

〈赤い花弁をつけぬ花〉

みほはそんな花の精であるようだ。宗易の口ぶりによれば、それがとりもなおさずゆかしい趣きのようだ……

「さして、申し上げるほどの者ではござらぬ。が、お気に入りとあらば」

半蔵はいきなり、左の片袖を摑んだ。みほがひと針ひと針、運んだに違いない糸が、はらりと鳴って千切れた。

「どうぞ」

「そうですか」

宗易は少し微笑んで、片袖を無造作に受けとった。

傍で、源太夫があっけにとられている。が、二人とも、ほとんど源太夫の存在を意に介していない。

「並の武家とは覚えず、さりとて兵法者でもなさそうな……」

別に問いかけているのではなかった。すでに宗易は、半蔵をある納得のいく影像として捉えているらしかった。

仏法であれ、歌道であれ、猿楽であれ、兵法であれ、あるいはしもじもの所作であれ、名人の仕事を茶ノ湯の目利きの手本にするのが、茶湯者の覚悟とされている。一芸に達した名人を、師と仰ぐ覚悟である。

そうかといって、半蔵を一芸に達した名人と見たかどうかわからない。が、少なくとも〝作意〟の働きある男と考えただろう。

〈茶ノ湯の仕様、習は古きを専《もつぱ》らに用うべし。作意は新しきを専らとす〉

という宗易の茶道に対する考えは、〝花伝〟の、

〈稽古は強かれ、諍識《じようしき》はなかれ〉

に同じ意。強情、頑固にとらわれないとは、作意であり、新たな工夫であろう。

「お訊ねの儀とは？」

「果心居士どのの行方、でござる」

「ああ」

宗易はうなづいていった。

「京から東国一円を経廻るとのこと。それでよいですか」

それだけでは足りまい、といっているようである。同時に、問われぬことにはみだりに語るまいという姿勢でもある。

「されば、差支えなかったら、果心どのがなぜここへ参ったか、を」

「でしょう」

宗易はまた、微笑んだ。眼のふちが寄るだけで、眸子そのものは笑っていない。

「博多の島井徳太夫《しまいとくだゆう》という方から、唐物をあずかってきていただいたのです」

「果心どのが、なぜその使いをされる」

「わたり、ですから」

なにげなく、宗易の口からわたりという言葉が出た。わたりだから、使い歩きに都合がいい、といっている。

なお、島井徳太夫は博多の貿易商。のちの茶人宗室である。唐物什器《じゅうき》を多く蔵していた。

「果心どのが、術を遣うのをご存じか」

「乱魔を語らず、ということがあります」

儒教である。

だいたい、宗易は茶道の開山、奈良の珠光《じゆこう》という者の流れを汲むが、珠光は、〈孔子《こうし》の道にも学びたる者にて候〉

という。茶道に儒教の影響が及んでいたと考えねばならぬ。ただし、宗易の場合、心得ていて〝乱魔を語らず〟であったようだ。

「が、立合い勝負をされる気か」

半蔵は黙っていた。果心居士と立合うことになるか、どうか。本来の狙いは、加当段蔵にある。

それにしても〝立合い勝負〟という言葉は激しすぎる。

「茶にも勝負がござるのか」

「茶は闘茶《とうちや》からはじまりましてな」

宗易は片袖を抱くようにしていった。

闘茶はもと宋代に流行った飲茶遊技である。その趣向は、四種の茶を十服して、本非《ほんひ》を飲み当てる。本茶《ほんちや》は本湯の栂《とが》ノ尾《お》の茶であり、非茶《ひちや》とは宇治《うじ》その他の茶である。そして、勝った者は、色小袖など豪華な賭物《かけもの》を得た。

「茶道になると、自らとの闘いです。いや、自らの〝作意〟といったほうがよろしいか。

そのために日々、心をくだく。たとえば」

宗易は植込みの蔭の石の手水鉢を指さした。半蔵たちがきたとき動かそうとしていたものである。一見、なんの変哲もない。

「あれは、古い陵墓《みささぎ》から掘り起した石で造ったのですよ」

〈それがどうした〉

半蔵はけげんに、というより、ぼんやり聞いていた。遺憾《いかん》ながら、当時の多くの人は、皇室やその陵墓の尊厳をあまりよく知らない。お上《かみ》、というのは、直接の名主《みょうしゅ》、国司であって、そのかなたに将軍家や皇室というものがあるらしい、と思っている。

「かつて崇教《すうきょう》せられた陵墓の石片で、さりげなく、客に手を洗っていただく」

「それが〝作意〟というものでござるか」

半蔵にはまだよくのみこめない。

あるいは、天を怖れざる、と表現すべきかもわからない所業と、わ、び、と、さ、び。端倪すべからざる試みだが、怖るべき天を知らないかぎり、あまり効果はなさそうだ。

「珍奇、と申してよろしいか」

宗易はいくぶん、困惑げにいった。

「なるほど、珍奇でござるか」

半蔵はあくまでも、立合い勝負における作意、ないし手段をとった。つまり、意表を衝く手立である。

〝花伝〟に、

〈人の心に思いもよらぬ感を催おす手立、これ、花なり、たとえば、弓矢の道の手立にも、名将の案、計らいにて、思いの外なる手立にて、強敵にも勝つ事あり、これ、負くる方のためには、珍しき理《ことわり》に化かされて、敗らるるにてはあらずや〉

という。

半蔵は宗易がもしかして、果心と立合う場合の心得をさとしてくれたのではないか、と考えた。が、その表情はあくまでもさりげない。

「これを」

宗易は片袖を一度、嗅ぐようにしてから、半蔵に差し出した。焚きしめられている香の匂いは、まえまえから感じとっていたに違いないが、明からさまにその仕草をすること自体、かたちというものであろうか。

「もうよろしいのです。色と、それから香りを得ましたから」

半蔵はいわれるまま、それを受けとった。

きゅうに、宗易の表情が厳しくなった。片袖を戻したとたん、つながりも切れてしまったように。

そして、深かすぎることもなく、また軽すぎることもない会釈をして、露地に去った。

黒い直綴の影が、植込みの蔭にしばらくゆらめいて見えた。

このときになって、早春の風がにわかにうら寒く感じられた。が、源太夫は鼻の頭の汗をこすりながらいった。

「得体の知れぬ男だ」

五

織田信長のこのたびの上洛は、たしかに隠密なものであった。室町通りの裏辻の旅宿に一行は泊っている。

ただし、供の行装は人の耳目をそばだてるのに充分であった。たとえば、みな金ののし付の刀を差している。なかには、長刀のあまり、鐺に小さな車をとりつけ、地べたを引きずって歩く。信長のかぶき好みによるのかもわからない。

そんな一行の姿を、半蔵とえびが、見た。立売り通りのあたりである。

「見なされ、きんらんと輝いてござる」

えびがいい、半蔵の袖を引いた。その袖は、一度、千切ったあの片袖である。えびが縫い合わせた。少々、歪んでいる。かりに器用であったとしても、みほの仕立とは較べようがないだろう。

が、半蔵は行装そのものに興味はなかった。

「供の衆は八十人と聞いていたが」

いまは僅か七、八人の供廻りしか認められぬ。源太夫の姿も見当らぬようだ。

「お忍びの見物でしょうから」

と、えびはいった。半蔵はしかし、違っていた。

「狙うなら、いまだろう」

ひとごとのような口ぶりでいい、どこかで窺っているかもしれぬ山田ノ八右衛門を思い浮べていた。

だからといって、なにも信長の身辺を見廻ろうとは思わない。ただ、足が自然に、信長一行のあとをつける恰好になっているばかりである。

一行は快よげな足取りで、小川《おがわ》通りに向って行く。将軍家拝謁が上首尾であったようだ。田楽狭間の一戦で、天下を驚倒させたことが、そのまま自信になって顕われてもいる。

午下りの陽差しが、淡いが春の匂いをともなっている。人通りが多い。両側には見世見世が並んでいる。

ふと、半蔵は身を屈めた。たとえば、足半《あしなか》の緒のほつれを直しでもするかのような仕草であった。

その頭上をかすめて、光り物が二つ三つ、飛んだ。それらは半蔵のばさらの髪をかすかにふるわせ、しかし音もなく背後の太物《ふともの》見世《みせ》の積まれた荷に突き刺った。たぶん、だれも気がつかなかったのではないか。見世の主人と客数人が、さきほどからの談笑を続けたままでいる。乾いた道に、人の往来ものどかである。

　このときすでに、半蔵は身を屈めたまま、地べたを這うようにして駈け出していた。前方に、人の間を縫い、黒い広袖をひるがえしながら、僧形の影が翔ぶように逃げる。手裏剣を打った曲者、八右衛門である。

　半蔵が追いつめたと思ったとき、突然、黒い影がふわりと宙に浮いて見えた。じつは、八右衛門が跳躍したはなを、僅かに半蔵の抜き打ちの刀尖がかすり、衣の裳裾を斬り離していた。だから、浮いたのではなく、舞い落ちた、というべきだろう。

　八右衛門自体、建ち並ぶ見世の屋根の上にいる。動くたび板ぶきの屋根から屋根石が、いくつも転がり落ちてきた。

「無駄だ、追っても」

　走り寄ってきたえびが、屋根を見上げている半蔵にいった。相手はよほど京の町々の家並に通じているようだ。

「それよりも」

と、えびは信長一行のほうを指さした。

人が叫びながら散っている。どこにひそんでいたのか、曲者ども十余人が、てんでに刃を抜き放って群がり立った。のみならず、信長の供廻りとの闘いの渦が、もう半蔵を巻き込もうとしていた。

〈なにも信長を護るためではない〉

と半蔵は思った。思いながらも、逃げ遅れてその場に荷とともにしゃがんでいる連《れん》雀商人《じゃくしょうにん》を跳び越えると、もう曲者を相手に、刃を揮った。

それらの曲者は、明らかに半蔵目がけて手裏剣を打った八右衛門と一党を組んでいる。半蔵がひらひらと舞うたび、曲者どもはのけぞり、うつぶした。

そのときになって、源太夫が二、三十人の供衆とともに駈けつけてきた。すでにほとんどが斃れており、そうでなかったら血の条をしたたらせながら逃げ去っていた。

源太夫はそれが傍に立っている半蔵の働きだと知りながらも、不服げにいった。

「少しは残しておくものだ」

鼻の頭に汗が光っている。

思うに、あらかじめ信長襲撃の不穏な動きを摑んでおり、故意に多くの供衆を待機させてあったようだ。それなら遅すぎた。どころか、危険でもあった。

「やはり、美濃の廻し者でございますな」

源太夫は歩み寄ってきた信長に告げた。美濃衆とは斎藤《さいとう》氏である。当主は五年前に父道三《どうさん》を殺した長子《ちょうし》の義竜《よしたつ》である。道三はまた、信長の舅でもあった。

信長はしかし、まったく曲者どもの死体など見向きもしなかった。じっと半蔵を見つめている。

「いつぞやの嚮談《きょうだん》だな」

口髭が薄っすらと生え揃っている。髷は茶筅。貫禄づいて見える。が、眼眸が青い。猜疑《さいぎ》、の色である。

「うぬはいったい、なにがほしい」

「なにもいらぬ」

半蔵は見返しながらいった。結果として、信長を救う恰好になったのを、むしろおかしく思っている。

「なぜかなら、別におまえさまを救おうと思いませんでしたから」

「わしも、なにも与えぬ。なぜなら」

と信長は扇子で脇差の柄頭を叩きながらいった。

「うぬに助《すけ》を頼まなんだからだ。だいたいが、こやつら蟷螂《とうろう》の斧《おの》、というべきものよ」

そしてもう、くるりと背を向けた。

最後に、源太夫がなんとも困惑げな笑みを作って、去った。どうしようもないすまなさを、体じゅうで顕《あら》わしていた。

が、半蔵はどちらかといえば、ある爽かさを感じていた。猜疑心から出たとしても、風貌、語気が直截《ちょくせつ》である。猜疑を別の方法、たとえば、親密めかした言動で包み隠す者が多すぎる。

どこにひそんでいたのか、えびが現れた。

「おまえさんといると、剣呑《けんのん》でならぬ」

こういいながら、楽しんでいるふうがないでもない。

「果心居士が京を出て、近江に向ったそうな」

どさくさにまぎれて、かれのいわゆる〝塞神〟に当ったものらしい。

「急がねば」

えびは半蔵をせき立てた。単に果心居士を見失うというだけでなく、いまのめんどうな騒ぎに、関わりをもたせまいと考えているようだ。二人はその場を去った。

六

夕景近く、琵琶湖の湖面が鈍く光っているのが認められた。瀬田橋の南に橋姫祠《はしひめほこら》というのがある。そこに男が一人、所在なげに一人羽根をついていた。

もっとも、所在なげに、と思ったのは勝手な判断であって、それがその男の芸であるらしかった。

両手に胡鬼板《こぎいた》（羽子板）をもち、いくつもの羽根を宙に舞わしている。手が動くたびに、冴えた音が鳴る。調子をともなっているが、前にはだれもいず、どちらかといえば侘《わ》びしい音色に聞こえた。えびの仲間である。

近寄ると、そいつは口元をおおった柿色の切れの端を揺すらせながら、

「そこにいる」

と顎をしゃくった。もの憂げな仕草であった。そしてつけ加えた。

「ああいうやつが現れると、こっちの商いがあがったりになる」

果心が近くで、人を集めて術を見せているらしい。その口ぶりに実感があった。それはとりもなおさず、滑稽でもあった。

「その羽根を二つ三つ、くれないか」

半蔵がいった。

男はなにもいわず、単に左右の胡鬼板を動かした。すると、蝶のように宙に舞っている羽根が二つ三つ、勢いよく半蔵目がけて飛んできた。

半蔵は歩きながら、その羽根をむしった。珠《たま》だけが掌のなかに、ある。その珠はむくろじの種子である。黒く、固い種である。

「なにをなさる」

「手ごろな珠だ」

半蔵はこういったにすぎない。

しばらく行った湖畔に、人がたかっていた。

「いますよ」

えびは半蔵と離れて、人垣のうしろに立った。その表情が、

〈剣呑、剣呑〉

といっている。

そのみぎわに、灰色の髪をこうぞで束ねて垂らし、指貫《さしぬき》型の黒い軽衫《かるさん》をはいた男がしゃがんでいるのが見えた。齢のころはわからない。白い、というより、なにかまったく色のあせた肌をしている。たとえば、暑熱のころ、大汗をかいたあとのような透けた肌色である。

果心居士であろう。

〈なにをしているか〉

当人も静かなら、人垣も静かである。それはやがて、妖異を作り出すほうと、期待するほうとのひそやかな息遣いであることがわかった。

唐突に、果心は柳の小枝をとり出した。ごく無造作に、枝を指で挟んでこきおろすと、

葉ははらはらと水の上に散った。

それらがまだ充分に、水のなかへ沈まないうちに、水面が泡立った。その泡の渦に柳の葉がのみ込まれたかと思うと、かわりになにとも知れぬ魚が跳ね上り、限られたあいだを游《およ》ぎはじめた。静かな人垣から、どっと嘆声が洩れた。

数はたぶん、柳の葉と同じだろう。色も形もよく似ている。

〈生魚術だな〉

半蔵は思った。そうかといって、なぜそうなるのか、よくわからない。

「それだけのことか」

果心のすぐうしろに顔を突き出して眺めていた男が、こういった。いったんは愕《おどろ》いてみるものの、すんでしまうとなお、変化を期待してやまないのが人の心であるらしい。なにもそいつだけの思いではなかっただろう。

果心が振り向いた。頓狂な眼であった。およそ、術師という面影に縁遠い。が、世の中を丸め込んで、横着《おうちやく》にすましている眼の色であった。恰好だけなら、顧人衆の二郎三郎や松平元康に、よく似ている。やはり、油断ならぬと思う。

その果心が、いきなり葉のない柳の小枝の先でもって、そいつのむき出した歯をなぞった。よくしなう小枝が口元を離れると、そいつは渋面を作って、呻いた。

黄色い乱杭歯が、いずれもいまにも抜け落ちそうになってぶら下っている。

果心は無言で、小枝を逆になずった。そいつの歯並は元通りになった。どよめきがまた起った。

このとき、果心はその頓狂な眼で、一同を見廻した。ほんの少しだが、高慢げであった。

半蔵はすでに、懐ろ手の指にむくろじの種子を乗せていた。いまが狙いの的であろう。指がはじかれた。種子は人垣を縫って飛んだ。

——あ

叫んだのはしかし、傍の歯を撫でられた男であった。

二度、三度、そいつは叫んだ。不運というよりほかないその男の額から、血の滴がしたたっている。押えた手の甲も、みるまに赤く腫れ上ってきた。

〈しまった〉

半蔵の鳶色の眼眸がかげった。

けっして手先が狂ったのではない。にもかかわらず、別人に当った。いつのまにか、別人と果心が入れ替っている。めくらましの手段がこれであろう。

が、半蔵のより大きな不覚は、ふたたびみたび、同じ狙いで〝弾指〟を行ったことにある。めくらましにめくらまされたおのれ、である。

段蔵と闘ったときには、相手を見ないようにした。そんな配慮があった。いまは余裕がなかったのではなく、ついつい迂闊に乗じてしまった。

果心の頓狂な、要するにみだりに妖異を与えぬ風貌のせいであろうか。それとも、これこそ〝幻術師〟の正身《むざね》というべきなのであろうか。

半蔵はちょっとしたざわめきをあとに、その人垣から離れた。えびがすぐに追いついてきた。

「だから」

傍にいると剣呑、といおうとしたらしい。が、半蔵のいつにない難渋な気ぶりに、言葉を途切った。

しばらく、二人は黙りこくって歩いた。松原のあちらの湖面に、夕日が沈もうとしている。風がきゅうに寒くなった。

「きますかね」

えびはうしろを振り返り振り返りした。

果心居士のことである。なにもむくろじの種子をはじくために探し求めていたのではない。また、それを立合い勝負というなら、明らかに負けであろう。本意はあくまでも、加当段蔵の消息にある。

「くるだろう」

宗易の言葉によれば、果心は近江から東国に下るという。この道を辿るに違いない。

「どうですか。あんな悪戯をしたから」

なにもせぬ相手に、不作法を仕掛けたことを指している。

「怒っているのではないか、と」

「むかし」

と、半蔵はまったく別のことをつぶやいた。

「陰陽師《おんみようじ》の安倍清明《あべのせいめい》は、式神《しきのがみ》というものを遣っていた」

〝式神〟は三尺鬼《さんじやくき》ともいう。常に清明の袖のなかにひそみ、必要あれば放ち、攻められれば楯になったという。藤原千方《ふじわらのちかた》も、〝四鬼〟を遣った。

「果心は鬼を遣うのではなく、実体と虚体があって、とっさに身を分けて、実体がだれかにとりつくのではないか」

「ああ、あの男かね。歯が抜けそうになったり、珠をはじかれたり」

いいながら、えびはげらげらと笑い出した。

「仲間ですよ」

さくらだといっている。至極、簡単な見方である。

「おれらもよくあの手を使う」

「そう考えたい。が、違う」

「違うとは、そんなに都合よく身を分けられるということですかね」

　えびの笑い顔が、きゅうにかげった。

「そんな妖しいことがあってよいものか。だいたい、鬼を遣うという話さえ、聞き苦しい」

　鬼、というものについて、さまざまな解釈がある。が、概して哀れで、滑稽である。ときに、人間に害をなすが、その人間というものに常に圧迫され、虐げられているのは鬼のほうである。鬼を可怖《こわ》いものにしたのは、人間のせいではないか。

　えびは鬼のそんな解釈に、おのれを含めた流離の民をなぞらえて憤っているようだ。えらく不機嫌である。

「しかし、見ろ」

　半蔵は前方を睨んだ。

「いる」

　松の根かたに腰を下ろし、指貫型の軽衫の脚を組み、そいつはいた。

「なるほど、こいつは妙だ」

　いつ先廻りしていたのか、わからない。

「妙と思うか」

　と半蔵はいった。えびはうなづいた。妙を妙と受けとるのは、このさいむしろ素直というべきであろう。

「あの妙がまかり通ると、こっちが鬼にされてしまう」

「もっともだ」

えびは機嫌を直したように笑った。

「先刻は」

半蔵は松の根かたの果心に会釈した。果心は顔を上げ、あの頓狂な眼を向けた。待ち受けていたようだ。

「ひどいことをする」

枯れた声音であった。のみならず、その上向いた額に、明らかに疵の跡が認められた。

〈珠は当っていたのだ〉

半蔵はなんとも知れぬ安堵の思いになった。

別人が血を流したように見えたのも、いつのまにか追い越していたのも、それはそれで術というものであろう。が、幻術は幻術にすぎないという納得があった。

「おまえさんか」

果心はすんなりと伸びた掌の上に、半蔵がはじいたにまぎれないむくろじの種子を三つ、乗せて転がしていた。が、続く言葉はその仕草と無縁なものを示した。

「段蔵の足を斬ったのは」

〈そうか、足を斬っていたのか〉

半蔵は鐺の小孔からしたたった脂のような血を思い出した。同時に、二人が関わりあることを確かめることでもあった。

「段蔵はおまえさんの弟子か」

「あれは、異端だ」

果心はこともなげにいった。

「おかしなことがある。天主教ではおまえさんを異端だといっている」

「わしはただのモニエス、つまり行者にすぎぬ」

「行者がなぜ、幻術を遣う」

「術で人の心を驚かす。あとでパアデレどもがきて、神を説くのに効き目がある。むかし、修験者どもがよく使った手だ。その証拠に、わしは人と争わぬし、術を見せても銭を乞わぬ」

「すると、段蔵は」

「異端だ」

話がもとへ戻った。要するに、段蔵は布教の方便である術のみ、身につけたらしい。

「その段蔵だが、どこへ行ったか、存ぜぬか」

「北へ向った」

「北というと」

「加賀、越中の一向衆だろう」

「こんどは一向衆か」

「異端はなんであれ、サタナス（魔主）を求める。これに仕え、そそのかし、おまえさんやおまえさんの主人を討つ」

「おれには主人はいない」

「相手はいると思っている」

たぶん、織田信長のことだろう。

このときまだ、信長は一向衆との対立を見せていない。今川義元を討って名声は上ったものの、大名としてまだ強大ではない。

もし、だれかに拠って討とうと思うなら、美濃の斎藤、近江の六角、浅井など、近隣に多くの競合相手がいる。なにも、遠くの加賀、越中を頼る必要はない。

〈一向衆そのものに、興味を抱いたのだ〉

と思う。

もとより、一向信心ではあるまい。しだいしだいに固定化されようとしている領国大名には、それぞれ歴史があり、家風がある。いま、ふいに仕えて、一家を動かそうというのは、とうてい無理である。だいいち、段蔵は人に仕えて、段々に苦労を積み重ねていくというかたちをとれない男ではないか。

少なからぬ才能、野心、執念、それに焦慮がある。顕われる姿は、〈衒気《げんき》〉である。

加賀は一向宗門徒の集団が、政教混同で領治しているという。主体は僧侶と百姓と牢人衆《にんしゅう》である。もしかしたら、そこでおのれの〝衒気〟を存分に発揮できるかもしれぬと考えたのではないか……

が、このさい詮索は必要でなかった。段蔵の行方を知れば足りる。

「それでよいか」果心はそろりと立ち上った。

「自然居士に長生きしろと伝えてくれ」

こういったとき、もう背を見せていた。自然居士との秘めやかな関わりが偲ばれる。

そして果心は夕闇のなかに、それは傀儡《くぐつ》が踊っているように見えた。

「これで、おれの役目もすみましたな」

と、えびがいった。

「ついていってもいいが、北国《ほっこく》はおれの〝かすみ〟から外れるので」

〝かすみ〟は縄張りというくらいの意味であろうか。

半蔵は黙ってうなづいた。かれ自身の〝行乞〟は、まだ続くことだろう。

焰

一

加賀一向一揆の本拠は、金沢御坊《かなざわごぼう》である。

はじめ、門徒らが山崎山《やまざきやま》の末の台上に、堂を建てて信仰の中心にしたのがはじまりであった。のちの金沢城の場所である。

天文年中には、本尊、開山御影、泥仏《でいぶつ》、名号《みょうごう》ほか三具足などいっさい揃い、かたがた軍務、政務の庁としての体裁が整っていた。〝おやまの城〟といっていい。

春の加賀野を辿ってきた半蔵は、犀川《さいがわ》の流れを距てて、高台の上の甍《いらか》を望んだ。薄っすらと霞がたなびき、いかにものどかであった。

このころ、南越の朝倉氏と小康状態にあり、北越の上杉氏は、昨年はじめて越中に軍を入れたものの、すぐに退散している。いっときの平穏であった。

足元の犀川のせせらぎも、美しい。埃にまみれた足をひたすのが惜しいくらいである。足を踏み入れるごとに、淡い土色の泡が噴き、瞬時にして流れ去って、清い流れに戻る。

ときに、石の下から小魚が走り出た。ごりという魚であろう。

その半蔵の歩みが、水中で止った。中州に小坊主が立っている。声は出さないが、体じゅうで招いているようだ。

「また、現れたな」

半蔵はいい、こんどは水しぶきを上げて、大股で歩み寄った。〝ちがんど〟の少年の一人である。

〈帰れ〉

こうたしなめようとして、やめた。

少年はずいぶん長い間、もしかしたら、なん日もここで立って待っていたのかもしれぬ。かわりに、こういってやった。

「小坊主のふりが、よく似合う」

少年は青いいがぐり頭に手をやって、少し笑った。が、すぐに切羽つまった気ぶりになった。

「どうした」

「申して、よろしいか」

少年はためらいがちにいった。

「伊賀が大変なことになっています」

「大変とは」

「藤林砦にお屋形ができました」

「だれだ、そいつは」

「藤林長門守」

どうも、わからない。

「さよう名乗っています。百地砦の百地丹波守が、です」

「そうか」

予期されぬことではなかった。ひだりもすでに段蔵をからませて指摘している。

〈いよいよ、百地丹波が出てきた〉

と思う。

「〝ちがんど〟が危のうございます。領内の溜池の堰《せき》を切る、百姓たちをせっかんする、屋形に火をつけ、消しにきたといって乱入してくる……」

いやがらせである。半蔵の存在を念入りに確かめているようでもある。山田ノ八右衛門が半蔵に手裏剣を打ったのは、信長の警固の者と見ただけでなく、半蔵そのものをも狙っていたのではないか。

「丹波のやりそうなことだ」

「いえ、藤林長門です」

いまや、同じことである。

「お戻り下さいませんでしょうか、お屋形さま。そうでないと、爺さまや、それにみほさまが可哀そうで」

「おまえ、勝手にそれを告《し》らせにきたのだな」

「そうです」

少年はうつむいた。

「おれには」

半蔵は上流遥かに連なる山脈《やまなみ》を眺めた。淡い霞にけむるなかに、ひだりとみほの顔が浮んだ。

「しなければならぬことがある」

「〝ちがんど〟は、どうなります」

「種さえあれば、花はまた咲くものだ」

世をめぐらますような男を討つことが、土着の富や権威を守るより先、だと思う。

〝花伝〟に、

〈誠の花は咲く道理も、散る道理も、心のままなるべし。花は心、種は態《わざ》なるべし〉

という。

「加当段蔵、という男を討つのでしょう」

〈要らぬことを〉

半蔵の鳶色の眼が輝いた。それに、仇討ちだと思っている。が、少年は顔をまっすぐ向けていった。

「少々、調べておきました」

「なに」

「この川の奥、いゝわく谷というところへ行ったそうです。そこには疵に効く湯が湧いています。段蔵という男は、右足首が悪いそうですね」

いゝわく谷は湯涌谷《ゆわくだに》であろう。おやまの城から二里余りにある。そこへ段蔵は疵を癒《い》やしに行ったらしい。

「討ったらすぐにお戻り下さい」

「簡単に討てるか、どうか」

「お屋形さまのことですから」

万に一つも誤りない、といっている。

「せっかくきたのだ」

半蔵は少年のいがぐり頭に掌を乗せた。しばらく、そのままでいた。少年はいくぶん頬を紅潮させ、瞼を閉じていた。

少年が眼を見開いたとき、半蔵はもう川を渡り、流れに沿って上手へ向っていた。灰色の影が、みるまに霞のなかへ溶け込むようにして消せた。

流れは細く、急になってきた。若草や新芽が匂う。ときおり、やまべが跳ねた。

山肌が嶮しく迫ってきた。ほんの少し、開けたところには人家があった。そんな村を、いくつか通りすぎた。人影はあまりない。

そのいくつめかの村で、百姓女に出会った。籠にわらびを入れて下げていた。山でつんできたらしい。

「いわく谷というのは、近いのか」

女は半蔵の言葉を黙殺した。どころか、小さい眼で半蔵の全身を睨んでいるようであった。

女が村落に駈け入るなり、けたたましく、柝《き》が鳴り響いた。

〈怪しまれている〉

半蔵はしかし、ことさら足を早めることはしなかった。どうなるか、身をさらしてみたかった。見知らぬ土地では、そうでもしなければ、きっかけが摑めぬということを、つとに悟っている。

ぞろぞろと百姓たちが出てきた。鍬《くわ》をもち、棒をもち、なかには錆《さ》びてはいるものの手槍を下げている者もいた。年寄りも女も、子供も混じっている。

そのさまから察するに、ほんのいままで、一ところに寄り合っていたらしい。

〈困った〉

半蔵はかれをとり巻き、てんでにののしっている一同を見廻した。悠長に聞こえるが、じつは早口であって、かなり激していることがわかる。

一同のうしろから、陣羽織を羽織った武家がゆっくり歩んできた。黒い鬚《ひげ》を生やし、長い柄の刀を差している。まだ三十にならないだろう。供と思える士が、三、四人。

そいつが人を分けて、前へ出た。ふっと、眼をまぶしげに細めた。

とたん、刀が半蔵の顔前に唸った。半蔵はうしろ足のまま、少し退いた。が、それ以上逃げもせずに立っていた。

鋭く、素早い抜刀である。しかも、刀身が長い。四尺もある。常人なら一刀で両断されているだろう。

そいつは抜刀の残心を示したまま、半蔵の風態を見つめていたが、

「なるほど、伊賀者だ」

とつぶやいた。

この地で伊賀者という名称が通っているのかどうか、わからない。油断ならぬ相手で

ある。が、表情そのものは朴訥《ぼくとつ》である。

「加当段蔵という者の仲間ではないのか」

そいつは刀を収めていった。無造作に段蔵の名が出る。

〈なぜ、段蔵の名を知っているのか〉

「仲間ではない。が、そいつを追っている」

「忍びの言葉はあてにならぬ。が、おまえのいいぶんは信じよう」

「信じてもらって有難い。で、段蔵はいわく谷にいるのか」

「山を越えて逃げ去った」

「足が悪いはずだ」

「その足さ」

そいつが口元を歪めた。笑おうとするのを、しいて押えた感じである。囲りの百姓衆に対する気がねのように思える。

「一本棒の足で、斜めに翔ぶ。疾《はや》いぞ」

「見たのだな」

「段蔵のほうから見せにきた。天下一の忍びだと称して、おやまの御坊へ現れた。馬の首を斬ったりつないだりして、めくらましを見せた。それから丈余《じょうよ》の柵を飛び越えた。ときに、わしは反対側にいて、抜刀を打った。段蔵は宙で引き返して避けた。これはもうめくらましではない。さりとて、忍びの術でもない。なにか途方もない妖しいやつだと見た」

半蔵をいきなり斬りつけたのは、〝途方もない術〟を遣う男かどうかを、確かめる気もあったようだ。

「見ると足に古疵がある。いつまでも血濃が出て、癒らないという。だから、わしがいわく谷の湯へ案内してやった。そんな化物など、われらに必要ない。が、見世物を見せてくれた返礼のつもりだった」

段蔵はどうやら、売りこもうとして、相手にされなかったらしい。

そいつのしゃべり口調は、重厚であった。いつのまにか、囲りの百姓衆が、それぞれの得物《えもの》を下ろし、地べたについていた。このあたりの百姓衆に、よほど信頼を得ているものと思われる。

「申し遅れたが、わしはここの鷹巣《たかのす》砦をあずかる平野甚右衛門《ひらのじんえもん》」

そいつがいった。

平野甚右衛門はもと美濃牢人《ろうにん》で、一向一揆の一方の旗頭であった。のちの話だが、一向衆が佐久間玄蕃《さくまげんば》に攻められて滅んだとき、かれは孤軍奮闘し、おやまの城で討死した。その場所は、金沢城に改まっても、甚右衛門坂として残った。

半蔵はとくに名乗らない。かわりに軽く会釈した。

甚右衛門はそのことにこだわることなく、話を続けた。

「しかし、段蔵というやつ、ずに乗って在所の家々へ上り込み、わるさをはじめた」

〈女〉に違いない。出会った百姓女の眼が、それを憎んでいるように思える。

「妖しい術で脅しながら、女を犯す。が、それはわしの知ったことではない」

甚右衛門がものわかりいいというのではない。男女関係それ自体、当時はさして固苦しくなかったと考えていい。

「段蔵め、一向信心を罵倒し、名号本尊《みょうごうほんぞん》を破ったりした。咎めた者を一人殺し、一人を疵つけた」

たぶん、あのざくろ割りの骨法術であろう。

甚右衛門はここで、一息のまをおいた。このときすでに、数人の口から、六字の名号を称える声が洩れはじめていた。

そんななかで、甚右衛門は声音を低め、一段と重厚な口調でいった。

「疵ついた者も、死んだ。いま、その野辺《のべ》の送りがすんだ……」

囲りの百姓衆から、いっせいに称名《しょうみょう》の声が上った。もう、たまらぬというふうに
……

が、それらは、明確に、

〈南無阿弥陀仏〉

とは聞こえなかった。ほとんど唇を開閉することなく、称えるのである。

〈これは〉

半蔵は奇妙な畏れを抱いた。

僧職の者が、一定の節廻しによって、同じ経文を合唱する〝声明〟ではなかった。老若男女らが、高く低く、ほとんど勝手な発声で、言語不明のつぶやきを陰々と称えていた。それでいて、ある律動が感じられた。

一種の恍惚境《こうこつきょう》であろう。一呼吸おき、声を改める甚右衛門の話し口調も、そんな効果を心得てのうえであるらしかった。

もしそのまま、甚右衛門が進めといえば、それが〝死〟だとわかっていても、かれらは陰々と名号を称えながら進むのではないか。

いっときの絶えまに、甚右衛門はいった。

「みなは、おまえを化物の仲間だと思ったようだ。じじつ、曲者が入り込んだらしく、段蔵と一緒に谷間の湯壺にひたっているのを見た者もいる」

術師は狷介で、孤独である。仲間らしいものがあるとすれば、それは一時、ある目的のために結んだ相手にすぎまい。

〈八右衛門ではないか〉

「曲者のなかに、僧形の者がおりはしなかっただろうか」

半蔵は念を押してみた。甚右衛門は小首を傾げた。僧形の姿はなかったらしい。

そうかといって、八右衛門がいないとは断言できぬ。むしろ、いち早く門徒を自称した八右衛門が、本場といってもいい加賀にきて、僧形をとれない、ないしとらないのは不気味である。それはとりもなおさず、忍び本来の姿に戻って、半蔵を狙いにきたのではないか。

「とにかく」

と甚右衛門は囲りの百姓衆にいい聞かすようにして、いった。

「おまえはその仲間だと思われても仕方がない。だいたい、面構えが化物にふさわしい」

はじめて、笑った。笑うと、えくぼが出る。

「なにごとも縁というものだ。死んだ者に、回向《えこう》してやったらどうだ」

「させてもらう」

半蔵はうなづいた。

陰々たる称名を聞いたせいかもわからない。自然と一同のあとに続いて足の向うのを、どう押えようもなかった。

二

〈それ人間の浮生《ふしょう》なる相を、つらつら観ずるに、おおよそはかなきものは、この世の始中終《しちゅうじゅう》まぼろしの如くなる一期なり……〉

蓮如《れんにょ》作の〝白骨《はっこつ》のお文《ふみ》〟である。不幸というよりほかないこの山間の百姓の骨壺を前に、僧侶が詠み上げていた。

〈我やさき、人やさき、今日ともしらず、あすともしらず、遅れ先立つ人は、もとの滴、末の露よりもしげしといえり。されば朝に紅顔《こうがん》ありて、夕には白骨となれる身なり。すでに無常の風吹ききたりぬれば、すなわち二つのまなこたちまちに閉じ、一つの息ながく絶えぬれば、紅顔むなしく変じて桃李《とうり》のよそおいを失いぬるときは、六親眷属《ろくしんけんぞく》あつまりて、なげき悲しめども、さらにその甲斐あるべからず。さてしもあるべきことならねばとて、野辺におくりて夜半のけぶりとなしはてぬれば、ただ白骨のみぞのこれり。あわれというもなかなかおろかなり〉

怖ろしい文章である。

げんにいま、死者を野辺に送った生者が、いまにも無常の風にさそわれて、あの世に迎えられるのではあるまいかと思う。そこで、望むのは安養の浄土であろう。

果たして、寄り合っている老若男女から、いっせいにあの六字の名号のつぶやきが洩れ、しだいに高く、果てしもない潮騒の響きになっていく。

半蔵は百姓家の軒端にたたずみ、その戦慄と陶酔の声を聞いていた。

やがて、上座にあった甚右衛門が人を掻き分けるようにして、出た。供衆もそれに従った。百姓衆は砦の主だからといって、とくに見送ろうとはしなかった。

半蔵もなんとなくそのあとに続いた。かれらはなおしばらく遡《さかのぼ》って行くらしい。

「砦の主ともあろう人が、いちいちこうやって不幸の席へ顔を出すのか」

「できるだけ」

甚右衛門は答えた。そうだとすると、一向一揆の僧、武、俗の靭帯《じんたい》はことのほか固い、と考えねばならない。

「えらいものだ」

「〝講〟というものがある。僧俗相集い、仏恩を報謝し、法義を語り合う。それにも顔を出している」

「なるほど」

「隣国では、羨《うらや》んでいるそうだ」

〈武家を地頭にして、手ごわき仕置にあわんより、一向坊主を領主にして、わがままをいいてあいしらわんこと、一段よき国守なり〉

という。

「それこそ極楽浄土、ではないか」

「そう思うか」

甚右衛門はうしろを振り返った。川の淵が入り込んで、崖が迫っている箇処である。供衆との間に距りができている。

「そううまいわけにはいかぬ。まず、中心の本願寺がある。そこから派遣された坊官が金沢御坊にいる。勢力の強い地元の大坊主小坊主（大寺小寺）がある。郡の長《おさ》あり、本家領家あり、われらのような牢人衆がいる。百姓はやはり百姓だ」

百姓はやはり、その最下層に位置しているらしい。

「わしは」

と甚右衛門は、黒い鬚を撫でて笑った。

「〝白骨のお文〟などを聞くと、蓮如のしてやったりという面構えが眼に浮ぶ。もっとも、どのような面であったのか、見たことはないが」

世の無常で脅しておいて、ひたすら、後世願いの一向信心を説くものだと、〝お文〟を皮肉っている。

蓮如自身、じっさいに、

〈わがつくりたるものなれども、殊勝なることとよ〉

と誇っている。

「要するに、脅し、すかす。百姓だけではない。人間にはこんなものが要るのだ」

「おまえさんはしかし、その門徒の一人だろう」

「わしは真似をしているにすぎぬ」

「門徒でなかったら、真似はできまい」

「おもしろいことをいう。〝講〟というのも、いまや茶を汲み、酒を汲み、猥《みだ》らな話で終ることもある。それでも〝講〟だからな」

朴訥な男である。一向一揆でなく、たとえば領主の立場にあっても、よい領主の真似をする男ではないか。

「ところで、おまえは段蔵という男を追って行くのか」

供衆が追いついてきている。

「そのつもりだ」

「山の向うは、越中になる。段蔵はそこでも術を見せておのれを売ろうとするだろうが、たぶん、相手にされまい。なぜなら、あいつの術にはこけ脅しだけあって、すかしがないからだ。それに、ここで人を殺めたことを、すでにふれてある。いつまでもうろついてはいまい」

「無駄だというのか」

「そうではない。越中を通り抜けて、急ぎ越後へ入ることをすすめる。こんどは越後にとりつくつもりだろう」

「親切、かたじけない」

「親切ではない。あの段蔵という男、早く討ってほしいからだ」

と、甚右衛門は憤った顔になった。一向徒であるなしにかかわらず、むざむざ人を殺された恨みであると見た。

甚右衛門は供衆にいって、下《さが》りものの餅を半蔵に与えた。行乞の身は、なんでも受ける。

「仲間がきている。ずいぶん、要慎されよ」

と、甚右衛門は崖道に折れた。

半蔵の耳に、まだあの称名念仏の声がこびりついている。そのあいまいな律動音を踏みしめるようにして、山を越える。

けもの道のような小径が続く。甲斐の武田氏は、一向一揆と結び、上杉氏の牽制などに操っていると聞くが、三ツ者と称ばれる甲斐の忍びが通うのにふさわしい。

夕景、峠に出た。振り返ると、そこではじめて下方にかすむ湯煙りを認めた。

〈湯があんなところに〉

半蔵は一息、入れた。そうでなくても、木々の若芽が香ぐわしく、腰を下ろしたくなる。

とたん、鏑《かぶら》の音を唸らせて、光り物が二つ、三つ。孔をあけた八方手裏剣である。半蔵は退り、松の木に背をつけたまま幹を廻った。そこへまた、連続して手裏剣がきた。裏にも敵がいる。こんどは直刃の手裏剣である。

前面で鏑を鳴らし、背面へ廻ったところで、刺す、そう計算していたらしい。

半蔵はこぶに盛り上がった木の根を栖に、伏せていた。その鼻先を、卵からかえったばかりの蛇が、ちろちろと這いずった。二、三寸ばかりの土色の小蛇である。

さらに、左右の繁みが揺れた。どうやら、四方から囲まれている。動けばたちどころに、手裏剣がくるだろう。動けない。

「千賀地ノ半蔵よ」

声がかかった。前後左右、どこから発せられたか、わからない。ただし、山田ノ八右衛門の声にまぎれなかった。

「〝お文さま〟というものを、ご存じか。朝の紅顔、夕べに白骨となる……。まったく、おまえさんは紅顔の美しい稚児だった。以来の縁だから、ずいぶん長い。が、いまこうして討たねばならぬ。うちのお屋形にとって、おまえさんが邪魔らしい。どだい、おまえさんはできすぎる」

八右衛門はゆっくりゆっくり、いった。なにか策しているらしい。続けて、

「幸か不幸か、加当段蔵はここにいない。段蔵は一人でおまえさんを討つといっている。それまで、こちらは待てないのだ」

と、八右衛門のほうから段蔵の存否を明らかにした。偽りではあるまい。どころか、段蔵の力を借りなくても、半蔵を討てる、ということを誇示したかったようだ。

半蔵は八右衛門の御託《ごたく》を、ろくに聞いていなかった。段蔵の存否さえ聞けば、それでよかった。

繁みのなかでは、囲繞《いじよう》されても攻められにくいことを、半蔵はよく知っている。小枝でも草葉でも、存外に勁《つよ》いものである。そうかといって、たかをくくっているわけではなかった。

〈どうくるか〉

である。

〈二つ、三つ、四つ……〉

半蔵は鼻先にうごめく小蛇を勘定していた。小蛇はときに、生意気にも小さな鎌首をもたげ、赤い舌を出す。それに合わせて、半蔵も舌を出す。そんなことをしながら、少しづつ少しづつ、刀を背に廻していた。

かすかな火の気を嗅いだ。

〈鉄砲か〉

思うに、離れたところで火縄を点け、発撃直前になって近寄ろうというのであろう。あくまでも慎重な百地砦の流儀である。

〈飛び道具を、一つ〉

半蔵はことさら、頭をもたげた。すかさず、鏑の音を唸らせて、八方手裏剣がきた。それは、半蔵のばさらの髪をかすめ、木の根のこぶに当り、小蛇の幾つかを分断して、なお勢いよく廻転していた。

小蛇どもの微塵になった肉片や細かい血しぶきが、頬や首筋にはねかかった。このときすでに、手裏剣を肩の下に敷いている。

ひとしきり、激しく手裏剣が投げられてきた。焦げる匂いが、背後に迫った。

〈くるな〉

半蔵の手が、肩の下の手裏剣にかかった。ほんの手首だけ投げておいて、その反射のようにして、まっすぐ眼前の繁みに躍り込む。

背後で、叫び声とたぶんめくら撃ちに違いない鉄砲の音が起った。それを聞きながら、香ぐわしい若芽もろとも、敵の一人を肩越しの抜き下ろしで、斬っていた。

振り返りざま、立ちはだかるように迫る二人に、摺り上げ、そして返すと、喉元の同じ箇処をその切先が抉《えぐ》った。ほとんど同時に、それぞれが低い喉笛を鳴らした。

「八右衛門」

半蔵は一と声、かけた。

八右衛門はもう、二十間あまり先を逃げ走っている。その背に、半蔵の投げた刀の身が刺った。いったん、鍔元まで通り、うつぶしたとき押し戻されるように直立した。

〈朝の紅顔……〉

こうつぶやいているような口元であった。刃を抜きとるとき、少し、笑ったかに見えた。

八右衛門は伊賀の忍び装束を着けていた。その装束はどっぷり、血にまみれていたが……

三

北陸路はよく晴れていた。青々と広がる海から吹き渡るのは、もう夏風である。冬が長いので、いま一気にとり戻そうとでもしているかのように思われる。

直江《なおえ》ノ津《つ》が見えた。府中《ふちゆう》の浜である。

その南に館《たち》がある。越後国府の跡で、府内城《ふないじよう》ともいう。永正《えいしよう》年中、長尾為景《ながおためかげ》が春日《かすが》山《やま》に築城してからもなお、治府はここであった。景虎《かげとら》のときになって、ようやく春日山そのものが、府城らしくなった。

もっとも、このころは来奔《らいほん》してきた関東管領上杉憲政《かんれいうえすぎのりまさ》が館に在り、〝国中御館〟と称ばれている。

〈船出か〉

半蔵は砂浜を踏んで、港のほうに近づこうとした。

船が沖がかりしている。小舟が荒川《あらかわ》の河口からつぎつぎやってきて、のんびり荷を積み込む。人も乗り込んでいる。なんの変哲もないが、半蔵にとっては珍しい光景であった。

浜辺に見送りであろう、武士が数人、かたまっていた。いずれも、扇子をかかげなどして、陽をよけている。

半蔵はもっと海辺に近く寄ろうとした。

「しばらく」

ふいに足元から声が湧いた。男が一人、うずくまっている。薄い茶色の帷子。

いつ、どこから現れたのか、わからない。不覚、というより、なにか滑稽であった。

不思議を不思議と思わずに見すごしたあとの欠落感である。

そいつは現れたのではなく、元来そこにいたということがすぐにわかった。向うの半ば砂に埋った樽の蔭にも一人、いる。もの思いにでもふけっているかのように、うずくまり、首うなだれている。

「どこへ行く」

そいつがいった。顔を上げない。じっと、半蔵の足元を見つめたままでいる。声に抑揚がない。陰者にまぎれもない。

〈軒猿《のきざる》〉

であろう。甲州の三《み》ツ者《もの》に対して、越後の軒猿。

「浜へ行く」

半蔵は答えた。足をみだりに動かせない。動けば、星合（股）へ斬り上げるか、足の甲を刺すかするだろう。ただし、害意そのものはまだしかと認められぬ。

「なにしに」

「海を見る」

「海を見たことがないのか」

意味なくいっているのかもしれぬ。が、山国育ち、つまり伊賀者であろうことを指摘しているようにもとれる。

「海はここでも見える」

「もっともだ」

「寄るな」

要するに、浜に立つ武士たちの傍へ近づくなといっているらしい。

「あの船は、どこへ行くのだ」

そいつは黙ってしまった。それはとりもなおさず、その船のために警固していることを示す。

かわりに、向うでうずくまっていたやつが、そのままの姿勢で動き出した。両腕を振り振り、足を砂の上に滑らせるようにしてやってくる。砂煙りが上り、蛇行の跡がしるされた。そして、疾い。

さながら、猿猴《えんこう》である。

こいつもまた、顔を上げずに、半蔵の脇にうずくまって動かない。ただ、ひゅうひゅうと砂を含んだ風が舞う。半蔵のばさら髪がなびき、足元をしだいに砂が埋める。

こういう絵柄があるのではないか、一匹の猿猴と蓬髪をなびかせて立つ長身の山男……

荷上げが終ったらしい。風をはらんだ帆のはためきが、ごく近くのように聞こえる。船はまだ動かないが、見送りの武士たちは引上げるようだ。こちらへやってくる。

〈たぬき、ではないか〉

半蔵は武士たちと親しげに話し合いながら、歩んでくる小肥りのその姿を見た。

こんなところにいるのも不思議なら、武士たちと話し合うさまも不思議である。一人、である。かれを見るとき常にいるはずの願人衆の姿がない。

短かい袴に、脛巾。なぜか首に吊した笠を、だらしなく前にぶら下げている。

そのたぬきの二郎三郎が、きゅうに走り出してきた。走る、というのはこのさい単なる表現にすぎない。ありようは、短かい手足をただもがいていた。

「なにをしているのかね」

たぬきは傍へ寄るなり、息をはずませ、憤ったようにいった。が、依然、きょとんとした眼である。

〈それはこっちが聞きたい〉

半蔵は思いながらも、

「ごらんの通りだ」

といった。

「危ないことを好む男だ」

二匹の猿猴のことをいっている。そうかといって、好んでこうして立っているのではなかった。

「もう少し遅いと、どうなったことか。あいつらは喰らいついたら離れない」

その軒猿たちは、もう囲りにいない。うずくまったまま、砂の上にあの蛇行の跡を残して去っている。

かれらは、半蔵がたぬきの知辺らしいことを知って、安心したに違いない。そうだとするとたぬきはこんなところで、なかなかいい顔になっていると思わねばならぬ。じつ、あとからやってきた武士たちは、傍を通りすぎるとき、かれらのほうからたぬきに会釈した。

「えらいものだ。長尾景虎に伝手《つて》を求めたか」

「上杉政虎《まさとら》という男なら、いる」

いつものはぐらかす口調のように思えたが、そうではなかった。ついこの閏《うるう》三月、長尾景虎は上杉憲政から関東管領と上杉姓を譲られ、政虎と改名している。

「おまえさんではなかったのか」

たぬきがぽつりといった。

「なにが」

「天下一の伊賀者がやってきたそうだ」

加当段蔵、であろう。

「ここの大将はいま、小田原へ出陣ちゅうだ。それで柿崎《かきざき》の屋形で術を披露した。なんでも、馬を呑んで見せたそうだ。おまえさんなら、それぐらいできるのではないか」

「困った」

「なにを困っている」

「伊賀の衆が、みな妖しい術を遣うと思われる」

「結構なことだ。そう世間に思わせておくことが得になる。だいたい、術などは見せないで怖れさせるのが本意だろう。が、上杉では馬を呑むような化物は要らぬとよ」

越後でも、相手にされなかったようだ。

「じつは、そいつを追ってきた」

「それなら定めし、甲斐へ向ったのではないか。甲斐の武田と越後はもうなんども戦っている。近いうちにまたやるだろう。袖にされると、たいがい敵方へ走るもんだ」

〈こんどは甲斐か〉

ぐるりと日本の中央を一と回りすることになる。

「甲斐へ行くなら、一緒に行ってもいい」

「越後の士に会釈される身が、か」

「なにも上杉の家来になったわけではない。わしは変らぬ。天下流浪」

「願人衆はどうした」

「だから、いま船に乗せた」

なにが、だからなのか、よくわからない。

「あの船は、どこへ行く」

「佐渡《さど》」

「佐渡へ行って、なにをする」

「金を掘る」

〈金〉

その語音が、いかにも玄妙に聞こえた。唐突でありすぎる。

当時の佐渡金山は、西《にし》三《み》川《かわ》の砂金山である。赤砂山でその山の根を掘るが、上層に溜池があり、樋を通しておいて抜くと滝のように水が落ちる。その下にネコタを敷いて、砂を流して選《え》り分けた。

「いつから金掘りになった」

「むかしからそうだ」

「願人衆ではないのか」

「山を歩けば金掘り、野へ下りれば願人衆ということになる」

戦国大名が鉱山採掘を行うようになるまでは、採掘は修験者の差配下にあった。修験者は水源を握り、日月の運行を図り、金山の〝金〟そのものの光明を背景として、山の民を支配していたようだ。山の民は山々を渡り歩く〝わたり〟であろう。

願人とは、すでに山を下りた修験者のうち、源義経の奥州下向に供をした者の称がはじまりである。そんないい伝えを、たぬきはせせら笑っていった。

「じつは吉次《きちじ》という金売《かねう》り長者の供をしたのだ。むかしは、みちのくしか金が出なかったから」

「そのときから金掘りか」

「もっと古いだろう。金山媛をかついでやっていたころからか」

金山媛は伊賀服部氏の祖神とされている。少彦名神と並ぶ黒党祭りの神である。が、たぬきはいっこうに忖度なかった。

「そんなことはどうでもよいのだ。見ておれ、やがて金銀の持高が天下を左右することになる。これまでは力で金銀を得た。これからは金銀が力を生む。あちこちの大名衆が、そろそろ気づきはじめた。わしらは重宝がられている。敵も味方もない。天下浮浪に違いないが、そのかわり通行ご免だ。だいいち、わしのこの頭には、まだ発掘されない金山の在処が、いっぱいつまっている。わしを殺すと、みなの損になる。だから、わしと一緒におれば安全だ」

たぬきは能弁になった。能弁になると、ついどもりがちになる。しゃべるたび、眼玉が横着げに動き、唾が飛んだ。

「おまえさん、その化物を追ってどうする」

「討つ」

「討って、どうなる」

「さあ」

「くそでも喰らえ」

信仰も、茶ノ湯も、術も、〝花〟であるべき忍びも、か。

「人間の欲がさきか」

「そう、人間の欲望」

たぬきはこういって、きゅうにその狸の眼を見開いた。

「おまえさん、女はどうした。まだ、金仏《かなぶつ》か」

「その笠を」

こんどは、半蔵がはぐらかす番であった。

「なんとかしたら、どうだ。かむるとか、うしろへやるとか」

「こうか」

二郎三郎は笠をかむり、まえへ出て、ひょいと振り向いた。笠の下で、きょとんとした眼が笑っている。気どっているつもりかもしれない。このたぬき。

四

この年春、武田信玄は兵馬を川中島に出し、仁科《にしな》、海野《うんの》、高坂《こうさか》らの諸豪を攻め、進んで越後に入って大田切《おおたぎり》を侵している。さらにいま、割ヶ岳《わりがたけ》城に向っているという。

割ヶ岳城は野尻《のじり》湖の東南にある山城だが、ここが武田方の手に落ちると、北国街道から信州へ入ろうとする上杉方の進路をはばむことになる。

「越後の大将は、小田原からあわてて飛んで帰らにゃならぬ」

たぬきがおもしろそうにいった。

じつは、あまり、おもしろくない状態であった。信越の境いを越えたあたりから、しだいに具足姿が目立ってきた。

暑い日盛りの道を、砂埃りを立てて騎馬が駈ける。小荷駄の列がくる。

そのたびに、脇へよけねばならなかった。もはや、天下ご免の金掘りもなにもない。だいいち、たぬきの足が遅すぎる。

それだけではなかった。蒼惶《そうこう》のうちに、段蔵の消息を失うおそれがある。

「もう少し、早く歩けないのか」

「おまえさんが速すぎる。速いのをひとに無理じいしてはいけないぜ」

とたぬきはもっくりもっくり、歩く。

「化物のやつ、信玄のいない甲斐へ行くかどうかもわからぬではないか」

「それが心配だ」

「が、わしは行く。こんどは武田のために、金を掘ってやらねばならぬ。願人衆も待っている」

「それなら急いだらどうだ」

「山へ入るか」

と、たぬきは力んだ。

「尾根伝いの近道なら、いくらでも知っているぞ」

半蔵のために、わざわざ平地を歩いてやっている、といいたいようだ。遅いうえに、恩着せがましい。そうかといって、山へ入れば、たぶん口ほどになくもっと遅くなることだろう。

「あせるな。あせってもろくなことはない。ただ、忍べ」

たぬきは麦畠《むぎばたけ》から麦の穂を抜いて、口にくわえていった。

「といった仁がある」

「だれだ」

「わしによく似た男だ」

〈岡崎の松平元康か〉

「甲羅《こうら》をかむってじっと耐え忍んでいると、存外、いい拾いものにぶつかるもんだ。わしはいま、上杉や武田のために金を掘っているが、ひょっとしたら、こいつがそのままあの男の懐に入ってしまうのではないか、と思うことがある」

「まさか」

「甲羅から出てみたら、強いやつは戦い合って死んでいた、というのはどうだ」

「そんなうまいわけにいくものか」

「だから、しょっちゅう甲羅の下で、眼を動かしておかねばならぬ。たとえば」

たぬきはきゅうに、頓狂な眼を据えて、前方の木立に見入った。それから、懐を探って光るものをとり出した。長円形の金錠である。

そいつをひらめかしながら、ものもいわず一散に走り出した。ころころと転げるように、素早い。

半蔵も木立の蔭にちらちらする朱い影を見ないわけではなかった。が、それが流浪の遊び女であるということに気づくまでに、いくぶんの間を必要とした。

〈ただ忍べ、か〉

半蔵は口ずさみながら、木立の蔭に消えるたぬきと朱い影を見送った。

木立のなかには、まだなん人かの遊び女が筵に坐っていた。弁当を使っているらしい。髭面の男がわざわざ立ってきて、たぬきの連れに違いない半蔵に、なにかいいかけた。誘おうとしたのかもわからない。

半蔵はそれを無視し、しかしゆるりと通りすぎた。たぬきにさとされたせいではない。眼前に広がる高原の起伏あるたたずまいが、ゆるりと歩くのにふさわしかったからである。伊賀の形状に、似ていると思った。

そんな半蔵の眼が光った。遥かに見透される向うから、薬売りがやってくる。このあたりの薬売りは、戸隠《とがくし》明神、飯綱権現《いづなごんげん》の護符も売る。

半蔵の認めたのは、少し異なっていた。甲賀の油日《あぶらひ》あたりから、修験姿で薬売りに出かける者がある。しいていえば、それに似ていた。

その者は見るまに近づいた。疾い。足の運びようが、まぎれもなく伊賀のふうである。

「〝ちがんど〟のお屋形さまではありませぬか」

その者は、すれ違いざま、笠のなかから声をかけた。それからすぐ向き直って笠を脱いだ。

「源兵衛保正の輩下でございます」

松平元康に仕える次兄の手の者である。丸根城攻めのおり、見た顔であった。

「どこへ行く」

半蔵は脇に寄った。その者は笠をかむり直しながら、並びかけてきた。そのうしろを騎馬武者が一騎、駈け去った。

「あそこでございます」

騎馬の立てた砂埃を指さした。

「割ヶ岳の戦さ場か」

「さよう」

「越後の出方を見ます。いま、小田原をとり囲んでいる越後勢が、急ぎ戻るかどうか、を」

「なにごとだ」

「北条の動きか」

「いえ、北条と結ぶ今川です」

「戻れば、どうなる」

「三河の経略は、しばらく手びかえます」

要するに、元康は三河を経略したい。いまや今川義元はいないし、織田と結んでもいる。遠慮はいらないようなものの、今川は主筋であり、三河の諸豪もほとんど今川麾下《きか》である。まだ明らさまにはできない。

越後から上杉勢がやってきて、北条を攻める、今川が応援に出る、そのどさくさにまぎれて、少しづつ押えていく。じっさい、その間に形原《かたはら》、竹谷《たけや》、西郷《さいごう》、菅沼《すがぬま》、奥平《おくだいら》、設楽《したら》の諸豪を帰属させた。

こうした元康の三河経略にかかわりある越後の進退を、武田の侵攻状態によって図る、というのである。なかなかの深謀である。

「源兵衛どのの指図か」

それならたいしたものだと思う。

い。
「いえ。考えは殿じきじきでございましょう」
「なるほど」
元康という男、甲羅をかむって耐え忍び、眼を八方に配っているようだ。油断がな
「ところで、きょうは不思議な日でございます」
とその者は笠を傾げながらいった。
「伊賀の方々を多く見ます。手前は筑摩地《つくまじ》の峠を越えて参ったのですが、途中、離れば
なれではありましたものの、一団と思われる伊賀衆を追い越しました。うち一人は、た
しか神戸《かんべ》ノ小南《こなん》でありました」
小南は名張《なばり》郡神戸の生れで、百地砦では山田ノ八右衛門と並ぶ遣い手である。その小
南を含む一団とは、まぎれもなく、百地砦の一党であろう。
〈百地衆がやってくる〉
「それからまもなく、こんどは片腕の老者が、一人」
〈ひだりだ〉
〝ちがんど〟に危難がさし迫ったようだ。百地衆はどうやら、そんなひだりをつけてい
る。つけてさえおれば、やがて半蔵に遇える、遇ったらこんどこそ仕留めたい、という
覚悟であろう。

「さらにいましがた、これは伊賀衆かどうか明らかでありませぬが、こちらからおそろしく疾く走ってくる男と行き会いました」

「そいつ、片足で、宙を斜めに翔ぶ風態ではないか」

「片足かどうかは定かでありませぬが、なるほど、斜すに見えました」

〈段蔵、か〉

「いったい、なにごとでございます」

この者はたぶん、伊賀の消息に詳しくあるまい。そうかといって、明かす必要はない。

「さあ」

半蔵も首を傾げ、こみ上がる緊張を押えた。もっとも、段蔵と百地衆が合流したとき、こんどはどう出るか、予測がつかぬ。

「こんなこと、伝えていいかどうか」

「なんだ」

「お屋形さまが岡崎へ参ればよい、と源兵衛つねづね申しております」

「考えておこう」

半蔵はしかし、ほとんど耳になかった。そのまま、なだらかな起伏を示す高原のかなたに向って、走っていた。もとより、遊び女と戯れるたぬきの知るところでない。

五

半蔵は北国道を南下して、犀川の丹波島《たんばじま》の渡しに出た。このころまだ、篠《しの》ノ井《い》へ抜けるこの道は、充分に開けていない。千曲川《ちくまがわ》の東を候可《そろべく》峠を越えて、戸石《といし》に抜けるほうが北国道としては良道であった。

馬がようやく通れる道。川を渡れば川中島である。背にあまる葦がびっしり繁る洲が広がる。

〈ここは戦さの原だ〉

と半蔵は思った。じじつ、越後勢と甲斐勢が、ここでもうなんども戦っている。やがてまた、戦いが起こりそうだ。騎馬の往来や峰々に伝わる狼煙《のろし》もあわただしい。すでに、越後勢は小田原の囲みを解いて、帰っているのではないか。

そのたびに折られ、踏みにじられるに違いない葦どもが、風にそよいで啾《しゅう》啾《しゅう》と聞こえる。夕景近いその葦原の果てに、茶臼山《ちゃうすやま》、篠山《しのやま》、妻女山《さいじょさん》、狼煙山などが望まれる。ときに、葦の葉をかすめて飛び交うのは、くいなかかわせみか。

突如、脇の葦原のなかで、冴えた音が鳴った。

――ピヤウ、ピッピッ……

鳥どもの啼声ではなかった。ひだりのあの口笛にまぎれもない。

半蔵の足が停った。葦原のなかのとり残された枯葦のように、ひだりが顔をくしゃくしゃにして立っていた。緑がかったねずみ色の装束。なにもない片袖ばかり、わびしくひらめいている。

ひだりはしかし、いったん歪めた表情を、力むように引締め、いきなりいった。

「まだでござるか、化物退治は。なにをぐずぐずしておらっしゃる」

声そのものは元気で、大きかった。が、その顔がかえって皺深く寄り、総体、一段と小さくなった気がする。

半蔵には、ひだりがなにも段蔵討ちの遅れを責めているのでないことぐらい、承知していた。もし、このように叱咤《しった》するのでなかったら、この年寄りはたぶん、泣き出していたのでないか。

半蔵はすぐさま駈け寄った。

「その段蔵だが、すぐこの先に行ったはず」

いいながら、もっとほかにいうべき言葉があったろうと思った。たとえば、ねぎらいとか、いたわりとか。が、ひだりにはなんの忖度もなかった。

「さよう」

と、かれのいままで入っていた葦原のなかを指した。

男が二人、葦にもたれるような恰好で倒れている。二人とも、臑当《すねあて》だけを着けたいでたちで、その両脚を大きく広げていた。そして、いずれもざくろ割りに砕けて、新しい血を塗った顔面。段蔵の仕業である。

「三ツ者、でござるよ」

ひだりがいいながら、それぞれの顔面に、転がっていた笠をかぶせてやった。

〝三ツ者〟は甲斐の忍び。間見、見方、目付の意味である。

武田信玄は俗に〝足長坊主〟といわれたほど、諸国の消息に通じていたが、その情報をもたらす隠れた足であった。なお、臑当は、まさしく敵対関係にある越後の軒猿の、もっぱら下肢を狙う技法に対する要慎であろう。

段蔵は割ヶ岳城攻めの信玄の本陣に近づき、警固の三ツ者どもに怪しまれ、追われたと思われる。もしかしたら、このたびは術の披露も満足にできなかったのではないか。

それにしても、途中、三ツ者どもが段蔵を追っていた形跡のなかったのが奇怪である。

「武田衆は巧妙でござるよ」

とひだりは不審げな半蔵の面持を見やっていった。

「なにごとによらず、狼煙をもって合図する。狼煙が渡ってきたと思うまに、こやつらがすぐ駈けつけた。そこへ段蔵がやってきた。もっとも、こんなぶざまに討たれては仕方ござらぬが」

闘いのさまを、ひだりは眺めていたらしい。

「それなら、段蔵は遠くないな」

「あわてなさるな」

いまほどの叱咤とうらはらである。

「やがて、必ず引き返して参る。だから、手前はおまえさまと逢えさえすれば、それでよかった」

久しぶりに見るひだりのしたり顔である。半蔵はすかさずいった。

「おまえのあとを、百地衆がつけている。頭は神戸ノ小南」

「よく、ご承知だ」

「段蔵が出会う、で、引き返してくる……」

「おまえさまも、なかなかの足長でござる」

ひだりはむしろ、嬉しそうに相好を崩した。

「が、どうくるか。組んでくるか、どうか」

「いやいや」

とひだりは頭を振りながらいった。

「百地衆は手を汚しませぬよ。段蔵と会わぬならともかく、会ったからには、段蔵をけしかけて、一人でおまえさまを討たそうとする」

「そうか」

じつは半蔵もそう思っている。段蔵が余人の入り込めぬ術者ゆえである。反して、ひだりは百地砦の自らの手をなるべく汚すまいとする平素のやり口から、組まぬと判断している。

「ところで、おまえがわざわざ出てきたわけを聞こう」

〈どのような異変か〉

「言伝《ことづ》てでござる」

ひだりはさりげなくいった。半蔵は一瞬、淡い緑に沈むみほを想った。そのみほの伝言ではあるまいか、と。

「おまえがじきじき、出てこなければならぬほどのものか」

「さよう」

「なんだ」

「家、家にあらず、つぐをもて家とす。人、人にあらず、知るをもて人とす……」

〝花伝〟である。芸を継承してこそ、はじめて家であり、芸を知ってこそ、はじめて人である、というぐらいの意味であろう。要するに、

〈たんなる家や人の存否は問題でない〉

といっている。

「だれの言伝てだ」

「自然居士、という方」

ひだりは、父平三、という言葉を避けていた。が、自然居士という語に抱くそれぞれの感慨のせいであろう、しばらく視線を向き合わせていた。その老若二つの頰を、あかあかと落日の夕映えが染めた。

「どだい、一円所領を企む百地一党のやり口を見ていると、あさましい。拒《あらが》えば一段と愚かなようだ。おまえさまのいうとおり、〝ちがんど〟のかたちだけの維持なら、いっそ捨てたほうがようござる。むかし、さる方が〝花〟はいずれの地の果てにでも咲く、と申されたことがある」

「おまえがそう思うのか」

「気づいたればこそ、こうやって出て参ったのでござるよ。ただし、〝花〟の種のおわすことを、お忘れあるな。おまえさまの唯一の〝花〟」

みほを指している。言葉遣いも、おわす、と改まっている。異変といえば異変である。

「それも、居士の言伝てか」

「さようとってよろしい。が、居士はことさらおっしゃりはせなんだ」

暗黙の了解だといいたいらしい。が、ひだりの独自の意見に違いない。この年寄りは、

〈みほを娶るよう〉

という一言がいえないのだ。ばかりか、照れたように、葦原のかなたを向いてしまっている。

そのひだりの皺面が、ふとうごめいた。

「やってきましたよ」

ことさら見定めるまでもなかった。葦原を掻き分けるようにして、五つ六つの影、横に広がって、ずんずん近づく。

それを眺めながら、ひだりがいった。

「居士の言伝て、いま一つ」

「なんだ」

「離見《りけん》ノ見《けん》、ということ」

「それは」

「目前心後《もくぜんしんご》、見所《けんしょ》同心……」

これは〝花伝〟ではない。同じ世阿弥の芸域の円熟を示す〝花鏡《かきょう》〟のなかの言葉である。

〈目を前に見て、心を後に置けとなり。見所（見物席）より見る所の風姿は、我が離見なり。離見の見にて見る所は、則《すなわ》ち見所同心の見なり。その時は我が姿を見得するなり〉

という。

術師段蔵との闘いをまえにして、さきの語が心構えなら、これは直接の闘法であろう。

自然居士はわが子半蔵を励ますため、ひそかにこれらの言葉をおくったに違いない。

ひだりの声を背に、半蔵は薄闇迫る葦原のなかへ、一歩一歩、足を踏み入れて行った。

前面に広がった敵のうち、左右の影は停った。まんなかの一人だけ、休むことなく進んでくる。加当段蔵である。

およそ、十間の距り。あいだは葦。かげった狼面が虎眼を輝かせて、覗いている。

このような地形が、いずれに利をもたらすか、まったく判別つかぬ。

「千賀地ノ半蔵」

段蔵が声をかけてきた。

「とうとう逢えたな、段蔵」

半蔵が応じた。すると狼面が嗤った。

「段蔵ではない。藤林砦をあずかる長門守だ。もっとも、名跡を襲ったのはついいましがただが」

百地衆はこの期《ご》におよんで、百地丹波が奪った藤林砦を段蔵にゆだねたらしい。本気かどうか、定かでない。が、段蔵によって半蔵を討とうという百地砦の企みは見えすいている。段蔵自身、それを心得ていた。

「しかし、もうどちらでもいいのだ。つまるところ、おれには名も実もなかったようだ。田舎でも相手にされなかったからな」

〝花伝〟に、

〈万一、少し廃《すた》るる時分ありとも、田舎・遠国の褒美（称讃）の花失せずば、ふつと道の絶ゆることはあるべからず。道絶えずば、また天下の時に逢うことあるべし〉

という。

段蔵はその術が、田舎・遠国でも廃れたことに気づいている。嗤いはだから、自嘲であろう。

〈しおらしい〉

一瞬だが、半蔵はそう感じた。この男は、許すべからざる邪悪の妖を備え、みほの父藤林長門を殺したにくにくしい敵であらねばならなかった。そんな敵に対する憐みは、とりもなおさず、油断につながる。

「それもこれも、うぬのためだ。討たずにはおかぬ」

いい終ったと思ったら、唐突に段蔵の囲りの葦草が、いちどきに燃え上った。薄闇のなかの、

〈幻術の手段《てだて》〉

であろう。

それにしても、いつ燧《ひ》を打ったものであろうか。また、たっぷり水を含んだ青い葦が、勢いよく燃え出すのも奇怪である。

不快な匂いがただよった。

〈臭水《くそうず》（石油）というものか〉

越《こし》の国にのみ湧くという燃える水である。その所在は、金掘りのわたりでなければわからない。

幻術にこんなものを遣うということは、手段の底が見えたというべきだが、半蔵にはその余裕がなかった。迂闊だが油断に続く狼狽である。

火勢がじりじり押し寄せ、包み込んでくるのがわかる。半蔵は刃を抜いて、前面を薙《な》いだ。すると、その僅かな空間めがけて、焔は急激に迫ってきた。

そして、焔がはたと途切れたとき、余燼《よじん》に映えて、段蔵の影がゆらめき立った。見覚えのあるいくつ、いく十にも連なるあの幻像である。

それらがいちどきに、おどろの骨法術の手振りを示した。

〈くるな〉

半蔵は気づきながら、実像と虚像の弁別を失いかけていた。凝視すればするほど、いよいよ増えてつながる幻暈《げんうん》のゆらめき、である。

名状しがたい不安がおおった。いまにも動き出さずにおれぬ焦りが湧く。それはむしろ快よいときめきに似ていた。が、動き出したとき、ざくろ割りのあの骨法術がくるだろう。微かだが、そんな配慮が、まだあった。

ときに、なんの前触れもなく、矮小な影が一つ、焼き払われた空間に、そろりと歩んで出た。

〈退っていろ、ひだり〉

ひだりはしかし、なにをするというのでもなかった。右袖を思うさま風になぶらせて、ただ、そろりそろりと足を運んだ。ただし、口には口笛。

――ヒヤヒヤ、ヒヤルロヒヤルロ、ヒヤヒヤリ、ヒウイヤロリ、ツラコケルツラコケル、ツラコケ、ホイヒ、イヤヤ……

半蔵はひだりを見つめながら、不思議なことに気づいた。ひだりのその影は、まごうかたなくおのれ自身の風姿になっていた。つまり、〝離見ノ見〟によって、〝我が姿を見得する〟ことにほかならなかった。

たちまち、幻暈をともなういくつもの幻像が、いちどきに動き、その一つが長い猿臂《えんぴ》で影をなずった。

――ヒヤルリ

口笛が絶えた。影の顔面から黒い血潮が噴いたが、それはとりもなおさず、半蔵自身の血を噴く影でもあった。

ごく自然に飛び込んだ半蔵が、誤たずその長い猿臂の持主を、斬っている。

幻像が失せ果てた。余燼はくすぶっているものの、くろぐろと広がる一面の葦原に戻った。そんな葦原から、一人また一人、百地衆の去って行くのが認められた。

半蔵は、まだ重なり合って転がるひだりと段蔵の屍体を足下に、残心を示したままであった。乱れたばさらの髪の下、きらめく双眸から、淡い霧が、ち、ち、と噴いては消え、消えては噴きしていた。

——ひだり……

声にならぬ呼びかけが、茫漠とした暗い葦原のかなたに、流れて散っていった。

よみがえり

一

伊賀は一国堅固。周囲に峻嶮な山をめぐらす。

僅かに伊勢から入る長野峠、鹿伏兎《かぶと》越え、山城からの笠置口、近江からの油日峠、御斎《おとぎ》峠など、七口を開く。それぞれの口に、多少の人数と鉄砲を据えおけば、なんの障《さわ》りもない。だから、

〈秘蔵の国〉

という。

その一つ、鹿伏兎の山々は、一面のもやであった。半蔵は大岡寺《だいこうじ》峠にかかった。

峠を越えれば、伊賀。これから柘植《つげ》の山々が連なる。もやのなかに、しっとりと杉葉が匂う。

「お屋形さま」

もやを割るようにして、ひそやかに、しかし弾んだ声がした。

「おまえか」

加賀のおやまで見た少年である。やはり小坊主のいでたち。あのとき、僧形がよく似合うといってやったことがある。

が、ずいぶんやつれて見える。

「お一人でござりますか。爺さまとはお逢いなされませなんだか」

「逢うた」

「どこにおられます」

「ここに」

半蔵は少し、胸元を開いた。ほんの一と握りのひだりの白茶けた髪が覗く。その端が、微風にふるえた。

「あ」

少年の顔が歪んだ。

「おまえ、僧形ではないか」

「そうでした」

少年は衣の袖を掻き合わした。合掌して垂れる頭が、青い。その青い小坊主の顔を見るのが心苦しい。

ひだりは身をもって〝離見ノ見〟を教えながら、そして死んだ。

〈未熟ゆえ〉

殺してしまったのだ……

少年はしかし、頭を上げると、可憐にも感情を押えていた。

「して、段蔵という敵は仕留めましたるか」

しいて大人ぶった口調である。半蔵は黙ってうなづいた。不思議に段蔵を討ったこと自体、あまり感慨がない。

「芽《め》出《で》とうございます。が、そのせいでございましょうか、諸砦が騒々しゅうございます」

「おれを狙っているのか」

「たぶん。ですから」

「なんだ」

「お戻りなされたのを喜んでいいか、どうか」

「心得ている」

「でも、みほさまが可哀そうです」

少年は口ごもった。少しづつ、もやが晴れている。

「藤林砦から戻れ、といってきています。百地衆やもと藤林長門の一党で、百地になびいた連中がうるさくやってきます」

藤林砦を奪った百地丹波の企みである。名分《めいぶん》、というものをほしがっているらしい。

「みほさまは、ただお屋形さまのお帰りを待っています」

〈それも、心得ている〉

「ですから、みほさまのためには、戻られたのを喜ぶべきでございましょうか」

いい終るなり、少年がふと半蔵の体にとりすがった。そのまま、青い頭が、しだいに半蔵の足元に沈んだ。その背に、手裏剣が一つ。

抜きとった手裏剣を、晴れいく木立のなかへ。手応えと呻き。影が三つ、四つ立った。すかさず躍り込んで、左右を薙ぎ、残った一人の胸を、刺す。その浅黒い顔が、突っ立ったまま、少し嗤った。

神戸ノ小南である。信州まで出向いてき、むなしく去った連中が、ここで待伏せしていたと思われる。その小南が、小癪なことをいった。

「おまえさんは偉い男だ。おれは二度、見た。おまえさんの楯になって死んだ者どもを……」

二度の楯とは、ひだりといまの少年を指している。

悲しいいらだちが、胸に錐《きり》をもむようにして襲った。半蔵は重ねて二度、三度、すでに枯木そのもののように立ち尽している小南に、刃を揮《ふる》った。

「もう、よいではござらぬか」

木立のなかから、ふと声がかかった。忍びとして、たぶん愧《は》ずべきたかぶりを、なだめるような口ぶりである。

こんな男の出現に気づかなかったのは、さらに不覚といわねばならぬ。

〈楯岡ノ道順か〉

「ひだりが逝《い》ったそうな」

こういって、道順がもやの晴れ切った朝光のなかから出た。忍び装束を着けている。手下の者どももひそんでいる気配である。半蔵は黙っていた。

「不憫《ふびん》なことでござるな」

口先だけ、であろう。だいいち、要慎して近づこうとせぬ。

「したが、加当段蔵を見事、討ち果たしたよし、祝着《しゅうちゃく》でござる。なにせ、あいつは伊賀じゅうあげて、同心成敗の敵でござったゆえ、われらも喜ばしい」

どこまで本気か、図りがたい。

「同心成敗せねばならぬ相手は、ほかにいる」

と、半蔵はいい返した。百地丹波のことである。同時に、やすやすと丹波に迎合した道順ら諸小砦の主をなじっている。

「されば」

道順が横着げな笑みを浮べた。

「われらはすでにおまえさまの帰りを待って、百地砦を一挙に攻め陥すべく課《しめ》し合わせてござる。もし、ただいままでも、攻めよといえば直ちにかかる用意がござる」

とたん、左右の木蔭から、二十人近くの影がむらがり出た。思いのほか、多い。本意は、〈半蔵が帰りしだい、一挙に〝ちがんど〟に攻めかかることになっている。なんなら、いまでも攻めかかる〉

こういっているのだ。じじつ、影どもは半蔵を、敵、と見る構えがある。

「なるほど」

半蔵はしげしげと見廻し、鳶色の眼眸をきらめかしていった。

「かかってきたら、どうだ」

「じつは、困っている」

道順はおのれの拳で、頭を叩いた。頭巾のなかで黒光りをたたえているに違いない禿頭は、かつて聞いたように、こつこつと音を立てた。かれの老獪な仕草の一つである。

「わしはおまえさまが好きだ。ともに佐和山を攻めた昵懇《じっこん》の間柄ではござらぬか」

「その仲があてにならぬ」

「そのとおり。それが忍びの道というものではござるまいか」

「だから、どちらでもなびく」

「なびくのが、なぜ悪い」

道順はきゅうに、硬《こわ》ばんだ表情をした。

「伊賀では、そうしないと生きていけぬ」

「そのかわり、むなしく人が死ぬ」

半蔵は二つ折れに坐っているかのような小坊主の屍体を指さした。

「おまえさんも、殺った」

道順も小南らの屍体のほうに顎をしゃくった。

半蔵は黙った。重ねがさねの不覚に加えて、論でもいい負かされそうだ。

「ものには、男時女時《おどきめどき》、ということがあると聞いた。おまえさまはいま、どうやら女時のようでござる。かまえて、百地砦などに乗り込みなさるなよ。だいいち」

と、道順はおりから峠を登ってきた一団を見やりながらいった。

「お一人でござろうが」

「一人なら、なんとした」

「岡崎の松平にいるおまえさまの兄者が、一党ばかりか、士衆《さむらい》まで引き連れてやってくる、という噂がござった」

一団の者は油売りであった。それぞれ甕《かめ》を担いでいて、一歩一歩、息をつきながらやってくる。少年の屍体を怖ろしげに避け、伊賀に向って下りていく。

当時、山城の山崎八幡に灯油用のえごま油の専売権があった。全国の油売りはここから免許をもらって、諸国を売り歩く。

「おもしろい噂だ。もし、本当ならどうする」

「噂の真偽を申しているのではない。そこまで要慎をめぐらす百地衆にお気をつけなされということでござる。できるなら、おまえさまに黙って伊賀を出てもらいたい。でないと」

「どうする」

「気はすすまぬが、やはり攻めねばならぬことになる」

「好きなように」

半蔵はいい残すと、少年の屍体を担ぎ、油売りの一団を追うように、峠を下る。その足どりにもう落ち着きが戻っていた。

二

夕景から、空一面に黒雲がおおった。その暗天の下がふさわしいようなさびさびした〝ちがんど〟のたたずまいであった。

広間に、半蔵とみほが向き合って坐っている。代々のお屋形に集められて、そして散って行った多くの忍衆が、膝を屈して坐ったであろう黒光りする板敷の上である。

「雨がきました」

みほがぽつりといった。

少年のように、りりしく忍び装束を着けている。頭巾の垂れの長いことと、腰のふくらみをのぞけば、である。

雨ばかりでなく、風も出たようだ。が、半蔵はとくに外を見ようとはしなかった。

「若衆たちは、おとなしく里に帰ったろうか」

「おとなしくはありませぬ。でも、聞いてくれました」

少年たちの姿はない。だから、広い〝ちがんど〟にただ二人、である。

「静かなものだ」

「ほんに」

床にあのむくろじの一枝。その淡緑の花が、暗いなかに鮮かに浮き上っている。

「天主教に〝よみがえり〟ということがございますそうで」

「だれに聞いた」

「ひだりどのが、自然居士さまからお聞きになったのです。いったん死んで、生き返る……」

「〝よみがえり〟とはおもしろい。居士からはずいぶん教えられる」

「そうでしょうとも」

〈父だから〉

みほはしかし、そのまま立って、物見窓から外を眺めた。曲者の迫る気配が伝わる。

「きましたよ、前もうしろも」

「まだ、早い」

半蔵は眼をつむった。みほも戻ってきて、坐って眼をつむる。まえよりずっと近寄っている。忍びの忍びやかな呼吸だが、それらはある脈動をもって、互いに伝わった。

「こうしていると」

「なんでしょう」

「女時が男時にかわる」

〝花伝〟に、

〈男時・女時とは、一切の勝負に、定めて、一方色めきて、よき時分になることあり。これを男時と心得べし。勝負の物数久しければ、両方へ移り変りすべし〉

という。このとき、手立を変えて、立合うべし、ともいう。

その手立は〝ちがんど〟の内外に並べた〝油甕〟である。甕のなかは、臭水。たぬきが手下に油売りのふうをさせて運んでくれた。鹿伏兎を越えてきたあの油売りの一団である。

暗空を裂いて、稲妻が二条、三条。

そのきらめきを〝ちがんど〟をとり囲んでいる伊賀衆も見た。およそ三百。前面から左右に百地衆が百五十、裏手に諸砦の百五十。いずれも雨に打たれながら迫っている。

攻めが大掛かりなのは、百地丹波の要慎深さに加えて、一円所領の最後の仕上げだと思うところにある。

閉ざされた国伊賀に、定まった国司、領主なく、砦を構えた土豪の数は約二百五十。追い追われ、討ち討たれする間に、ほとんどが丹波の勢力の下に入った。藤林長門の死に乗じて、その砦を奪い、自ら一向入信することによって、遠く雑賀衆と結んでもいる。

残るは服部宗家、半蔵の〝ちがんど〟ただ一つ。まさに仕上げであった。

ただし、百地丹波の風態をまのあたりにした者は、少ない。名張、大和の両竜口の屋形と喰代《ほおじろ》の砦、それに名だけがある。素顔はたぶん、だれも見たことがないだろう。顔貌を常に白しっくいで塗り固めている。そのうえに、忍び頭巾。だから、白い仮面がほの見えるにすぎぬ。

その丹波が、淡く小柄な影を杉木立の蔭に入れている。囲りに警固の者と諸砦の主だった連中。道順もそこにいた。

「静かでござるな。もう、だれもいないのではないか」

逃げていてくれ、そんな口ぶりのように聞こえた。が、丹波はまったく黙殺してつぶやいた。

「小晴れたら、やるか」

声音も仮面そのものの虚ろさがある。抑揚とてなかった。

雷鳴がなんどか轟いて走り抜けた。やむと、いくぶん小晴れてきた。

すかさず、義経炬火が振られた。これは水銀を羽根の軸に詰め、水銀蒸気によって明かりとする。風雨にも消えることがない。

鉄砲衆が横に拡がって進み、火縄に火を点けた。横手、裏手の勢もこれにならう。そして、深寂として沈む〝ちがんど〟のたたずまいに、狙いをつける。

「なにやら、不憫でござるな」

道順がまた、いった。丹波は答えるかわりに、もう一度、義経炬火を振らせた。

はじけるような筒音が、いっせいに鳴った。道順はおのれが撃たれでもしたかのように、大仰な身振りで耳をおおった。このころまだ、威嚇《いかく》射撃という発想はない。が、まさしくそれである。

「出てくるだろう。出てこなくても、うろたえる」

そこを斬り込むつもりらしい。

突然〝ちがんど〟のあちこちに火の手が上った。それらは見るまに奔騰《ほんとう》し、瞬時に天を衝く大火焔になって噴き上った。とうてい、雨水を含んだものの燃えるさまでなかった。

また雨がきた。それでも焔はなお、高く、激しく、燃え立った。すでに屋形にとりついていたなん人かが、焔を浴びて転げ廻った。そうでない者は、狼狽して退った。いっときだが、攻め手のなかに動揺が認められた。が、丹波はむしろ安堵したようである。

「たわいもない。焚死《ふんし》を選んだか」

と道順を顧み、たしなめるというより、からかうようにいった。

「おまえさん、鹿伏兎で油売りを見たそうな。近江か山城口ならいざ知らず、伊勢からここへ入るのに、甕に油が詰っているのがおかしいと思わなかったのか」

「迂闊」

道順は首をすくめた。その仕草のなかに、半蔵の〝焚死〟をいたむ気持があったかもしれぬ。

「したが、ただの油ではござらぬな」

「臭水、というものよ」

「なんといわれた」

道順は聞き慣れぬその言葉を、訊き返した。が、丹波はふたたび口をきくことがなかった。

背後の樹幹を縫い、丹波の背から胸を刺し貫いて突き出た刃が、一本。

雨水がその切先から、無心に垂れていた。血であるかもわからない。

〈やったな、半蔵〉

道順はおののいた。が、おののきがしだいにぞくぞくする喜びに変っていった。なぜだかわからない。いい知れぬときめきを押えて、ただ立ち尽していた。まだ、だれも気づかぬようだ。

前面に、火焰がいよいよ燃えさかる。〝ちがんど〟が天空を焦がす真っ赤な花。道順はその焰に乗って天駈ける半蔵とみほの影を、たしかに、見たと思った。

解説

細谷正充《ほそやまさみつ》
（文芸評論家）

日本の忍者は、今や世界のＮＩＮＪＡとして、無数のエンターテインメント作品で活躍している。しかしその忍者像は千差万別だ。当然だろう。物語に登場する忍者は架空の存在であることが多く、また実在人物でも経歴や事績に不明な点があったりするのだ。そんな実在の忍者の中で、比較的、経歴がはっきりしているのが服部半蔵である。正確にいえば二代目服部半蔵正成《まさなり》だ。といっても、半蔵にも不明点が少なくない。また、徳《とく》川《がわ》家康《いえやす》に仕《つか》えてからは、忍者というより武将として活躍した。そもそも忍者ではないという説もある。はたして服部半蔵とは、いかなる人物であったのか。興味のある人は、忍者小説の大家・戸部新十郎の『忍者　服部半蔵』――すなわち本書を読んでほしい。ただし、あなたが前もって予想していた半蔵と違っているため、大いに驚くことになるだろう。

作品の前に、作者の紹介をしたい。戸部新十郎は、一九二六年、石川県に生まれる。一九四七年、高等学院を修了し、早稲田大学政治経済学部に入学。しかし政経に馴染めず、早稲田系の同人誌に参加し、小説を書いていたそうだ。一九四九年、家庭の事情により、学業半ばで帰郷。北國新聞社に入社した。校閲部を経て社会部記者として活躍するが、一九五三年に退社。この頃から読物雑誌に、時代小説を書き始める。一九六〇年から六七年頃まで、多岐流太郎《たきりゅうたろう》名義で二百篇に及ぶ時代小説（少数だが現代小説もある）を、双葉社の読物雑誌中心に発表。しかし「傑作倶楽部」に連載された長篇『妖説五三ノ桐』（幾つか別タイトルあり）以外、残す価値なしとして、すべて破棄した。

したがって多岐時代の作品は『妖説五三ノ桐』しか本で読めず、熱心なファンは図書館で掲載誌に当たったり、古本で探したりしたものだ。ところが二〇〇四年七月、いきなり光文社文庫から、多岐時代の長篇『忍法新選組』が刊行される。作品発表の経緯は、この本に付された朝比奈次郎《あさひなじろう》氏の解説に書かれているので、そちらを参照していただきたい。とにかく読めないと思っていた多岐時代の長篇が現れて大喜びである。また、志《し》村有弘《むらくにひろ》編のアンソロジー『怪奇・伝奇時代小説選集（1）水鬼』に「幻法ダビテの星」、細谷正充編のアンソロジー『くノ一、百華』に「艶説『くノ一』変化」と、多岐時代の短篇が収録されており、少しはファンの渇を癒《いや》している。とはいえ、「別冊讀切傑作集」百六十五号に一挙掲載された『忍道天下星』や、「別冊実話特報」一九六〇年十月号から六一年九月号にかけて連載された『隠形三国志』（『西海水滸伝 柳生十兵衛秘帖』の原型作品）など、忘れられた長篇がまだ幾つかあるのだ。いつかどこかの出版社で、刊行されることを祈っている。

自分も作品を蒐集《しゅうしゅう》していることもあり、多岐時代の話が長くなってしまった。一九六八年、作者は筆名を本名の戸部新十郎に戻し、新たな創作活動を開始する。この年、同郷の作家・山田克郎《やまだかつろう》の勧めで、長谷川伸《はせがわしん》が後進育成のために開いた「新鷹会《しんようかい》」に参加。同会発行の「大衆文芸」に掲載した短篇「安見隠岐《やすみおき》の罪状」が、一九七三年下半期の直木賞の候補となり、その存在を印象づけた。以後、多数の作品を発表。『徳川秀忠《ひでただ》』『蜂《はち》須賀小六《すかころく》』のような歴史小説もあるが、多岐時代からメインであった、剣豪小説と忍者小説の名手として知られている。なかでも有名なのは、光文社文庫から書き下ろしで刊行した全十巻の大作『服部半蔵』であろう。だが、この作品以前に、服部半蔵を扱った長篇がある。それが一九七二年二月に、毎日新聞社から書き下ろしで刊行された『忍者服部半蔵』なのだ。

物語の冒頭に〝前将軍となってしまった足利義晴《あしかがよしはる》〟とあるので、天文《てんぶん》十五年（一五四六年）かその翌年の頃のことであろう。戦国乱世だが、まだ信長《のぶなが》・秀吉《ひでよし》・家康は表舞台に登場していない時代。伊賀《いが》の千賀地《ちがち》屋形の下忍《げにん》・上野《うえの》ノひだりは、退隠するという主の服部半三《はんぞう》から、〝梅《うめ》の木《き》〟を跡取りにするといわれる。半三ときりという女性の間に生まれた子である。きりに不審なものを感じたひだり。どうやら彼女は景《けい》教徒らしい。

と、いきなり戦国時代の日本に景教徒が現れビックリした。ちなみに景教とは、キリスト教の異端派であるネストリウス派の中国での呼称だ。日本にも古くから景教は伝来していている。そういえば本書の最初の方に、半三たち服部の原祖が〝山城《やましろ》の秦氏《はたうじ》である、といわれている〟と書かれている。渡来人《とらいじん》の秦氏が景教徒だったという説もあるようで、それを踏まえて使用したのであろうか。最初に本書を読んだときは分からなかったが、歴史の知識が増えれば増えるほど、作者の凄さが見えてくるのである。

幼くして忍者としての壮絶な資質を見せた〝梅の木〟は、ひだりに育てられ成長。服部半蔵となり、戦国乱世の巷《ちまた》を遊泳する。時代の表舞台に現れてきた信長・秀吉・家康を始めとするたくさんの人物と出会い、さまざまな騒動にかかわったりするのだ。

本作の読み味は独特だ。まず、半蔵が何を考えているのか、よく分からない。幻術を使う忍者・加当段蔵《かとうだんぞう》との対決がストーリーの柱となっているが、その他のエピソードも多い。また、先の景教徒もそうだが、面白いネタを投入しながら、それを膨《ふく》らませようとしていないのだ。

たとえば柳生新右衛門宗厳《やぎゅうしんえもんむねよし》と出会い斬り合いになるが、それが後の展開にかかわることはない。あるいは、加当段蔵対策のために訪ねた幻術師の果心居士《かしんこじ》は、法王グレゴリイ九世によって抹殺されたアルビ派（カタリ派）の道士から、いろいろ学んだらしい。

さらに半蔵が出会う人物に、願人衆《がんにんしゅう》の二郎三郎《じろうさぶろう》がいる。たぬきのような風貌で、後に出てくる松平元康《まつだいらもとやす》（徳川家康）とよく似ているのだ。とくれば、南條範夫《なんじょうのりお》の『三百年のベール』や隆慶一郎《りゅうけいいちろう》の『影武者徳川家康』で扱われていた、ある時期から徳川家康が別人に入れ替わったという説を思い出す人も多いだろう。その説を匂わせながら、ストーリーの中で展開させようとはしない。なぜ、このような書き方をしているのか。

ひとつのヒントは、作中に記された、

「半蔵には、人間は一定の土地に定住すべきかどうか、という疑いがある。定住しているから、〝領主〟が生れ〝領民〟ができ、収奪し収奪されるのではないか。

ことに〝けむりの末〟といわれる身は、ゆらめき、そよぎ、流れて果てるのが本質ではないか。漠然とそう思っている」

である。半蔵は、出会い、かかわり、去っていく。出会った人の物語は、彼にとって一過性のもの。だからこそネタが展開することがないのだ。藤林《ふじばやし》砦の藤林長門守《ながとのかみ》、百地《ももち》砦の百地丹波守《たんばのかみ》、楯岡《たておか》砦の楯岡ノ道順《どうじゅん》といった忍者たちの蠢動《しゅんどう》や、長門守の娘で本書のヒロインであるみほの扱いも、この手の物語にしては薄味だ。どこか、通常のエンターテインメント作品から逸脱している。だがこれにより、ストーリーそのものが半蔵のキャラクターを表現し、独自の魅力が発揮されているのだ。

と、解釈してみたものの、やはり半蔵という人物はよく分からない。その点を理解するために、単行本の帯にある「著者のことば」を引用させていただこう。

「服部半蔵の名は大きい。徳川家康の忠勇な家臣であったことを示すいくらかの足跡ではなく、茫漠として摑みどころのない陰者《かげもの》の偶像としての怪異さであろう。なにか戦国乱世の亀裂の底の途方もない深淵をのぞかせるような気がする。が、今、新宿の西念寺《さいねんじ》の崖際にたつ彼の墓石は、ただ寂然として、風だけがむなしい」

注目したいのは〝茫漠として摑みどころのない陰者の偶像としての怪異さ〟という文章だ。よく知っているつもりの服部半蔵のことが、本書を読んでいるうちに、分からなくなっていく。その不気味さこそ、彼が〝怪異〟である証しではないのか。私は本書の半蔵が、後の徳川家に仕《つか》えた半蔵と、同一人物であるかどうかまで疑っている。そんなことまで思わせる物語になっているのだ。

なお本書で、忍びの身は、〈花〉であり、忍びの術も、〈花〉であったと書かれている。そして随所で忍びの心得として、世阿弥《ぜあみ》の「風姿花伝《ふうしかでん》」が使われている。『服部半蔵』第十巻の巻末に付された石井冨士弥《いしいふじや》氏との対談で作者は、忍者の術の形について考え、

「それは散楽《さんがく》ではないかと思いついた。シルクロードを渡って来た散楽のうち、たとえば音曲が凝ってお能となり、体技、つまり軽業《かるわざ》とかそういうものが忍術そのものになってきたという仮説を立てているわけです」

と、語っている。なるほど、そういうことか。本書が、口笛を吹くひだりで始まること。渡来した景教やアルビ派が出てくること。「風姿花伝」の内容が忍者という存在と通じ合うこと。すべては作者の考える忍者像を踏まえてのこと。作者の忍者小説を理解する上で、また大作『服部半蔵』へと繋《つな》がっていく物語として、本書は戸部作品の中でも、重要な位置を占めているのである。

一九七二年二月　毎日新聞社刊

光文社文庫

長編歴史小説
忍者《にんじや》 服部半蔵《はつとりはんぞう》

著者　戸《と》部《べ》新《しん》十《じゆう》郎《ろう》

2025年4月20日　初版1刷発行

発行者　三宅貴久
印刷　堀内印刷
製本　ナショナル製本

発行所　株式会社 光文社
〒112-8011　東京都文京区音羽1-16-6
電話（03）5395-8147　編集部
8116　書籍販売部
8125　制作部

ISBN978-4-334-10615-7　Printed in Japan

組版　萩原印刷

KOBUNSHA